国家出版基金项目
NATIONAL PUBLICATION FOUNDATION

★ 科学的天街丛书

探索融欢乐

丛书主编/陈 梅　陈仁政

本书编著/郭汉卿

——科学趣味故事

四川科学技术出版社

图书在版编目（CIP）数据

探索融欢乐：科学趣味故事／郭汉卿编著． -- 成都：四川科学技术出版社，2019.1（2021.02 重印）

（科学的天街/陈梅　陈仁政主编）

ISBN 978 - 7 - 5364 - 9184 - 7

Ⅰ．①探… Ⅱ．①郭… Ⅲ．①科学故事 - 作品集 - 中国 - 当代 Ⅳ．①I247.81

中国版本图书馆 CIP 数据核字（2019）第 018921 号

探索融欢乐——科学趣味故事

TANSUO RONG HUANLE——KEXUE QUWEI GUSHI

丛书主编　陈　梅　陈仁政

本书编著　郭汉卿

出 品 人　程佳月

选题策划　陈敦和

责任编辑　郑　尧　肖　伊

封面设计　小月艺工坊

责任出版　欧晓春

出版发行　四川科学技术出版社

成都市槐树街 2 号　邮政编码 610031

官方微博：http://e. weibo. com/sckjcbs

官方微信公众号：sckjcbs

传真：028 - 87734035

成品尺寸　**160mm × 240mm**

印　　张　**14. 75　字数 200 千**

印　　刷　三河市同力彩印有限公司

版　　次　2019 年 4 月第 1 版

印　　次　2021 年 2 月第 4 次印刷

定　　价　**35. 00 元**

ISBN 978 - 7 - 5364 - 9184 - 7

邮购：四川省成都市槐树街 2 号　邮政编码：610031

电话：028 - 87734035　电子信箱：sckjcbs@163. com

目　录

众里寻她千百度
——阿基米德的墓碑

许多名人在辞别人世之后，后人为了表彰或纪念他们，或者遵照这些名人的遗愿，常为他们立下墓碑、碑上刻有铭文，有的还有图形、公式等。

"数学之神"、古希腊数学家阿基米德在《论球和圆柱》一书中，公布了他的一个有趣发现：一个内切于圆柱的球的体积和表面积，都分别是这个圆柱的 2/3。他对这个

阿基米德　　内切于圆柱的球

发现极为欣赏，以至于希望在他死后的墓碑上刻下这个图形。

约公元前 265 年，罗马人征服了意大利半岛，旋即向地中海其他地区扩张，与北非的伽太基帝国也进行了三次大规模的战争——统称布匿战争。结果在公元前 146 年，伽太基帝国灭亡。

在第二次布匿战争中，罗马人于公元前 215 年进攻阿基米德所在的叙拉古城。阿基米德以其天才的智慧和叙拉古人一起顽强地抵抗了三年，使强大的罗马军团付出了惨重的代价。最后，因为叛徒的出卖和弹尽粮绝而兵败城陷。当时，阿

刻在阿基米德螺线周围的"再生乃故我"

基米德正在思考一个数学问题，他是那样全神贯注，以至于没有察觉敌人已来到面前。一个士兵举起了屠刀……

212 年，一代伟人就这样惨死在暴徒之手。他临终前还在愤怒地吼

道："不要弄坏我的图形！"

阿基米德死后，罗马将领马塞拉斯（约公元前268—前208）得知了这一消息，他对这个难以制服的对手表示了钦佩和尊敬。他不但把杀害阿基米德的那个士兵作为杀人犯来处决了，而且为阿基米德举行了隆重的葬礼，并在墓碑上刻下阿基米德要求的那个图形，还刻有铭文"再生乃故我"——在他发现的"阿基米德螺线"的周围。

真有这个事么？真有这样的墓碑吗？没有见过——也许这仅仅是一个传说。

西塞罗

光阴似箭，岁月如流。100多年过去。罗马政治家、雄辩家、哲学家西塞罗（公元前106—前43）在公元前75年任西西里岛的总督。他还在当罗马帝国的财税官时去西西里岛东南的叙拉古收过税，由于他仰慕阿基米德，就在此时专门去寻找阿氏的墓地。不幸的是，当地居民都否认它的存在，并说没有这个人。他率领众人找了很久，终于用镰刀劈开小路，在荆棘丛生的杂草中找到了那块墓碑，见到了那个图形。于是他把荒芜的墓地修葺一新。传说被证实。

由于年长日久，墓地随岁月的流逝和战争的硝烟再次被废弃。随着城市的发展，这个著名的古迹似乎永远消失了。这是一个巨大的遗憾！

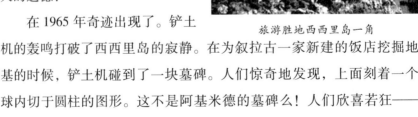

旅游胜地西西里岛一角

在1965年奇迹出现了。铲土机的轰鸣打破了西西里岛的寂静。在为叙拉古一家新建的饭店挖掘地基的时候，铲土机碰到了一块墓碑。人们惊奇地发现，上面刻着一个球内切于圆柱的图形。这不是阿基米德的墓碑么！人们欣喜若狂——众里寻她千百度，那人却在灯火阑珊处。

叙拉古人终于为他们这位空前绝后的伟人重建了茔墓，坟前立着那著名的石碑，碑上依然是那个阿基米德引以为傲的图形和铭文。

从徽章到椭球
——数学相约 0.618

"请您……在……在……门口刻下……图形……"一个学派的成员流落异乡，贫病交迫，无力酬报房主的殷勤照顾，在临终的时候这么恳求房主。

善良的房主照办了——在大门上刻下了死者要求的那个图形。

日月轮回。若干年以后，这个学派的其他成员偶然来到这里，见到了这个图形。他们询问了事情的经过之后，厚报房主而去……

毕达哥拉斯

那么，这些成员是怎么知道同伴曾在此居留过呢？这个图形是什么，为什么有这么大的魅力呢？这个学派叫什么名字呢？

把图 1 中的已知线段 AB 分为 AC 和 CB 两段，使其中的长段 AC 是短段 CB 和全线段 AB 的比例中项，这种分割称为把 AB 做"黄金分割"。它最早是由古希腊数学家毕达哥拉斯（约公元前 580—前 500）学派在研究正五边形的作图法及其性质时发现的。分割点 C 叫"黄金（分割）点"。

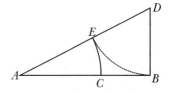

图1 做 $BD \perp AB$, $BD=AB/2$, 连接 AD; 以 D 为圆心，BD 为半径画弧交 AD 于 E; 再以 A 为圆心，AE 为半径画弧交 AB 于 C。那么 C 就是 AB 的"黄金点"

古希腊数学家欧多克斯（约公元前 408—前 355）最先给出了黄金分割的表达式（$\sqrt{5}-1$）$/2 \approx 0.618$——AC 约为 AB 的 0.618 倍。

0.618被称为"黄金数"，必要时，它的倒数1.618也被称为黄金数。这种分割还被称为"中外比""中末比""内外比""黄金比""黄金均值"。意大利修道士、数学家帕奇奥里（约1454—1514）则在他1509年出版的《神圣比例》中，称其为"神圣比例"。他对它推崇备至："一切乞求成为美的东西的世俗物品，都得服从神圣比例。"德国天文学家开普勒（1571—1630）则在他的《宇宙之秘》中称其为"神圣分割"；他还说："勾股定理和中末比是几何中的双宝，前者好比黄金，后者有如珠玉"。

黄金分割在数学中经常和我们不期而遇。

相约代数。

各项系数都是1的两个一元二次方程 $x^2 + x = 1$ 和 $x^2 - x = 1$ 的正根，正好分别为0.618和1.618。

意大利数学家裴波那契（约1170—1230）研究过这样的问题："已知一对兔子每月可生一对小兔，而一对小兔出生两个月后就有生殖能力，一年后共可繁殖多少对？"结果，

帕奇奥里

开普勒　　裴波那契

他发现了"裴波那契数列"：1，2，3，5，8，13，…，377，…，这一数列从第三项起，每后一项都是相邻的前两项之和；相邻两项的比值接近0.618——当项数无限增大时，这个比值则为0.618。数列的第13项377，就是这个问题的答案。这一数列是如此有名，以至于一些国家的数学教科书将它编写入内；美国数学会从20世纪60年代起还办了一个《裴波那契》季刊，广泛研究它在数论、最优化理论、现代物理、准晶体结构、化学、生物等领域中的广泛应用。这一数列的通项公式是

$$a_n = \frac{1}{\sqrt{5}}\left[\left(\frac{1+\sqrt{5}}{2}\right)^n - \left(\frac{1-\sqrt{5}}{2}\right)^n\right]，其中 n = 1，2，3，…。$$

计算

$$\sqrt{2 - \sqrt{2 + \sqrt{2 - \sqrt{2 + \cdots}}}}$$

或

$$\cfrac{1}{1 + \cfrac{1}{1 + \cfrac{1}{1 + \cdots}}}$$

的值，你会发现它们都约等于 0.618。

更有趣的是，含有未知数 a 的式子 $\sqrt{1 - \sqrt{1 - \sqrt{1 - \cdots \sqrt{1 - a}}}}$ 的值，不是变数，而是定数（约 0.618）；这里，$0 < a < 1$。

在几何中相约。

我们把长宽比约为 $1 : 0.618$ 的矩形称为"黄金矩形"。在图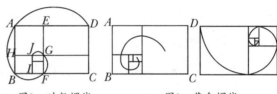

图2　对数螺线　　图3　黄金螺线

2 中的大黄金矩形 *AB-CD* 内，利用其中的 *CD* 边和另外两边的一部分做正方形 *CDEF*，会看到剩下的部分 *ABFE* 是一个小的黄金矩形。照此依次做下去，就会得到无数个黄金矩形。把这些矩形的一些顶点按顺序连结起来，会得到一条"对数螺线"。把这些正方形的中心连结起来，将得到一条图 3 左边那样的"黄金螺线"；而另一种连接则得到图 3 右边那样的"黄金螺线"。

如图 4 把大正五边形的 5 个顶点都各自用线段联结起来，就会成为熟悉的"五角星"形。毕达哥拉斯学派认为五角星完美无缺，就把它作为自己学派标志的胸章或联络标志，称之为"健康"（υγιεια）——于是就循此知道了同伴的行踪，才有了前面对房主的厚报。

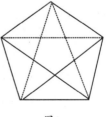

图4

在图 4 的五角星中间，又出现了一个小正五边形——它的 5 个顶点则分别是所在线段的黄金分割点。更有趣的是，图 4 中还出现了"黄金三角形"——它的底∶腰 = 0.618，底角为 72°，它的放大见图 5。

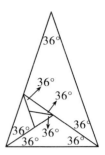

图5

在任何一个黄金三角形中，像图 5 那样做底角的平分线，会得到新的小黄金三角形。如此继续，会得到一系列更小的黄金三角形。嘿，请你数一数，图 4 中这种黄金三角形有 20 个呢！

此外，半径为 1 的圆的内接正十边形，每条边也长约 0.618。

在图 6 的边长为 1 的正方形的正中央，挖去一个边长约 0.618 的小正方形，则这个小正方形的面积的数值，正好等于剩下的"口"字形的面积数值的平方——计算留给读者。

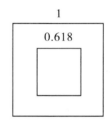

图6

如果在某直角三角形的直角顶点向斜边做止于斜边的垂线，将形成 3 个直角三角形，如果这 3 个三角形的面积成等比数列，则较小锐角的正弦值约为 0.618。

如果一个椭圆的焦点正好在圆的直径的首尾两端，而且椭圆面积与圆面积相等，则椭圆长轴与短轴之比必为 1.618——这种椭圆称为"黄金椭圆"。设一个旋转椭球的 3 个半轴分别为 a，b，b，另一个旋转椭球的 3 个半轴分别为 b，$\sqrt{|a^2 - b^2|}$，$\sqrt{|a^2 - b^2|}$，如果这两个椭球的体积相等，则 $a\colon b = 0.618$ 或 1.618。前一个椭球称为"黄金椭球"。

在平面直角坐标系中，如以 (1，0.618)，(0.618，1)，(-1，-0.618) 为三角形的顶点，那这个三角形的面积也是 0.618。

你看，科学本来是很有趣味的，只不过有时它被一大堆外文公式和单调的符号所遮蔽，加上有些人学习不得要领，一些教授的人照本宣科，这些趣味就荡然无存了。如果我们能领略科学的乐趣，就能变被动为主动，甚至为它宵衣旰食。

黄金分割法在优选法中的应用也为大家熟知。从 1953 年起，四位美国数学家杰克·卡尔·基弗（1924—1981）、莫迪凯·阿夫利尔（Mordecai Avriel，后移居以色列）、道格拉斯·华尔德（Douglass J. Wilde）、查尔斯·斯普拉格·皮特勒（1924—2011）等人不断发表专著，较系统地介绍优选法的原理和方法，其中就有"黄金分割法"和"黄金分批法"。1965 年以来，包括华罗庚（1910—1985）在内的中国科学工作者，也对此做了大量的工作。

遍地"珠宝"任君看
——无处不在的"黄金分割"

为什么人的平均高度几千年来始终保持在 1.73 米上下？为什么老鼠的眼睛那么小，而马的眼睛那么大？为什么草长不成参天大树？

这些看似古怪的问题，只要追问到底，就会发现，它们背后总有一个"神秘的力量"，或"神秘的法则"在支配着。这个神秘的法则，就是我们所熟知的"黄金分割"法则。

"黄金分割"这一名称最早是由意大利科学家达·芬奇给出的。他说："美感完全建立在各部分之间的神圣比例关系上。"他当年用黄金分割研究的维特鲁威人图出现在 2006 年的畅销小说《达·芬奇密码》之中。这里提到的维特鲁威（Marcus Vitruvius Pollio，约公元前 70—?），也译为维特鲁维乌斯，是古罗马的建筑师。当然，也有说是古希腊哲学家柏拉图（公元前 427—前 347）最早给出了"黄金分割"这个名称。在书中最早正式使用这个名称的，是德国著名物理学家乔治·西蒙·欧姆（1789—1854）的弟弟——数学家马丁·欧姆

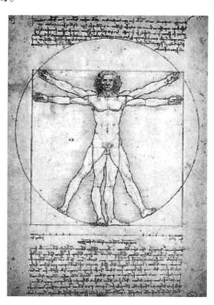

达·芬奇研究维特鲁威人体黄金分割

（1792—1872）。马丁·欧姆在 1835 年第二版的《纯粹初等数学》中，正式使用德文 golden schnitt（黄金分割）。这样，"黄金分割"之名就在 19 世纪逐渐流行，0.618 也因此被称为"黄金数"或"黄金分割率""黄金率"了。

黄金分割的趣味，在于它到处与我们相逢——不仅仅在数学领域，因此有时被蒙上一层神秘色彩。

1876 年，德国心理学家费西纳（1801—1887）画了 10 个从 5∶2 到 1∶1 之间不同长宽比的矩形。对 600 人的"民意测验"表明，认为其中黄金矩形最美的人最多（一说为总数的 90%，另一说为 1/3）。所以，许多照片、扑克牌、香烟盒、火柴盒等，都做成黄金矩形。

费西纳

古希腊的一些数学家认为，独唱演员或报幕员应站在舞台长度和宽度的黄金点上，观众看起来才更加亭亭玉立，光彩照人。

文学作品中七言诗、七绝诗的音节分四个字、三个字两部分，这样读起来顺口，听起来悦耳。例如，春风又绿∥江南岸。这"四"恰好是"七"的 0.618 倍最接近的整数。五言诗、五绝诗的音节，分为两个字、三个字的两部分则最美。例如，长河∥落日圆。这"三"也是"五"的 0.618 倍最接近的整数。

在美术、绘画、雕塑、人体结构方面，有关几何形状比例和匀称的主体派画家集团称为"黄金分割画派"（Sectiond'or）。古希腊、古罗马神话中太阳神阿波罗的造像、爱与美的女神维纳斯的塑像分别代表着男、女健美体形，其形体结构，符合黄金分割。

爱与美之女神维纳斯　　　《泉》

法国画家安格尔（1780—1867）在1856年创作的《泉》，沿袭了这种观点。

奥地利作曲家莫扎特（1756—1791）的"安魂曲"中第一段，第一部分有38个节拍，第二部分有62个节拍，比值约0.61。他正是有意识地把黄金分割应用到了自己的作品中，让作品悦耳动听。

德国的数学家、美学家阿道夫·蔡辛（1810—1876）在19世纪，对黄金分割进行了大量的理论研究后甚至认为："美的匀称的数学基本关系是黄金分割。"裴波那契调查了大量人体数值后得知，正常人体肚脐以下长度与身高之比接近0.618。其中少数人的这个比值则等于0.618，被视为"标准身材的人"。

人体中有许多黄金点：整个身高在肚脐，肚脐以上部分在咽喉，肚脐以下部分在膝关节，上肢部分在肘关节……

肚脐不但是身高的黄金点，而且是医疗效果的黄金点。曾给清代慈禧太后（1835—1908）治病的"一枝刘"的后代，就用中草药制成"肚兜"来治疗许多疾病。类似的治疗方法在民间也不鲜见，许多名医也在肚脐处敷药来治疗某些疾病。

梦露

人们曾经在玛丽莲·梦露（1926—1962）的墓碑上发现了一组让人迷惑不解的奇怪字符——"37，25，35，RI. P"。后来，"梦露研究会"揭开了这个谜：它是美国著名性感影星梦露的胸围、腰围和臀围的英寸（1英寸合2.54厘米）数。由于这组数字的关系接近黄金比，所以人们认为她的美艳倾国倾城。

人们发现，精神愉快时脑电波频率下限8赫兹与上限频率12.9赫兹之比，恰好接近0.618。如在此时参加竞技或考试，更能发挥出好的水平。

实验表明，人在一般湿度条件下感觉最舒适的气温是22～24℃，而人体正常体温37℃乘以0.618则为23℃，正好在这个范围内。

有人认为，如将男女职工的退休年龄分别乘以0.618，则分别得37岁（60×0.618）和34岁（55×0.618），而这正好是他们的最佳工作年龄。如再将37和34分别乘以0.618，则分别为23和21，有人认为这两个年龄则是他们的最佳学习年龄。

一些学者还认为，人要六分静四分动、六分饱四分饥、六分暖四分寒、六分粗粮四分细粮，才会健康长寿；而这"六、四之分"，则正好是黄金分割的整数分法——10分为6:4。

在生物学中，黄金数也屡屡出现。

英国数学家、自然史学家、博物学家达尔西·温特沃思·汤普森（1860—1948）在1917年所写的《生长与形态》一书中指出，如果一棵树始终保持幼时的增高和长粗的比例，那么它最终将因"苗条"而翻倒。因此，它会选择最佳比例——增高和长粗之比会趋于0.618。

著名的"鲁德维格（Ludwig）定律"，实际上是裴波那契数列在植物学中的应用。

向日葵和它的种子形成的黄金螺线　　　　　　松果

出生在俄国的美国数学家奥斯卡·泽林斯基（1899—1986）在一次国际数学会上指出，树的年分枝数目符合裴波那契数列——与前述小兔增长的规律一样。

有人研究过禾本植物小麦、水稻等的茎节，发现了相邻两节之比为1:1.618或1:2.427的现象。蕨类植物的琴状梢头，其螺线就是前述黄金螺线。黄金螺线在向日葵上体现得淋漓尽致：不但葵盘上有左旋和右旋这两种黄金螺线，而且每朵小花或果花上也有两条黄金螺线。使人更加惊奇的是，每套螺线总数都遵从"黄金"律：如果有34条逆钟向螺线，必有 21 条顺钟向螺线，它的外缘两圈花瓣分别为 55 和 89 瓣，这 4 个数则正好在裴波那契数列中。

事实上，裴波那契的研究表明，植物的叶片、花瓣、果粒数与他发表的数列有关。例如，沿螺旋前伸的树叶分布、松果上的鳞片分布等等，水仙花瓣每层都是 3 瓣。他数过一朵月季花，花瓣刚好 21 瓣。英国生物学家达尔文（1809—1882）曾细心地数过一朵波斯菊，正好 144 瓣，而它们却由形态平展舒放向外的 55 瓣和长丝卷曲向内的 89 瓣两种不同的花瓣组成，这三个数也正好在裴波那契数列中。

图1　　　　　　　图2　　　　　图3　　　　　图4

一些植物如图 1 沿茎向上依螺旋线萌发出的任何相邻两叶片间的夹角，都把从上往下看的 360° 周角做严格的黄金分割：大角约 222.5°，小角约 137.5°。这样，叶片虽不断轮生，却互不重叠，以利其光合作用。蓟草、朝鲜蓟草、车前草、梨树枝、其他树枝（图2）、玫瑰花瓣（图3）、荷花瓣也都按这个规律生长。甚至，在一个叶片上也有这种黄金分割（图4）。

在动物中，除了兔子增殖问题，海洋中鹦鹉螺（图5）身上、一些动物角质体上、有甲壳的软体动物身上，都发现了黄金螺线——类似图6那样。

图5　　　　　　　　　　　　图6

在电学中，有"电容无穷梯形电路"（图7）和"电阻无穷梯形电路"（把图7中的电容换成电阻）。其中也包含黄金数——你可依次计算图7中各虚线左边的各逐渐增多的电容的等效电容 C_n 值来检验。

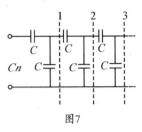

图7

有人认为将纬度 90° 进行黄金分割，得到 56° 和 34°。而纬度 34° 与 56° 之间，则是地球的黄金地区：年平均气温、年日照时间、年降雨量、年相对湿度，都适合人的生存。世界上几乎所有的发达国家都在这一地域，中国的中原腹地也正好在此。

全球气候约 1 月最冷、7 月最热，1—7 月的黄金点是 4.7 月；7 月至下一年 1 月的黄金点是 9.3 月。"巧合"的是，这两个"点"的前后则分别是春、秋的"黄金"旅游之时。

在建筑学中，相邻高层建筑相距太近会影响采光，建筑学家就把阳光入射线在某一时刻与凉台边线成 72° 的角，作为选择房屋距离和层数的标准。这 72° 就是前述黄金三角形的底角。有的还在高度的黄金点上设平台、墙裙或其他装饰物，使单

车前草

调的建筑多姿多彩。有的建筑学家还按车前草叶片轮生有利于光合作用的现象，设计出每个房间都得到充足日照的螺旋形大厦。

科学家们还制成了在建筑、产品造型和雕塑绘画等领域有广泛用途的"黄金尺"。

有人认为，12 个月的黄金点——7 月底或 8 月初，是结婚的最佳季节。因为医学研究表明，秋季是人的性欲和免疫力的黄金季节。

也有人认为，在股票交易的走势曲线上，一波上冲行情的正常回归和一轮下跌行情的正常反抽，都处在黄金点附近。

还有人把纳粹德国在 1941 年 6 月 22 日对苏联进行"闪电战"，到

1943 年 9 月转入守势之间的 27 个月做黄金分割，发现第 17 （＝27×0.618）个月就是战争转折点的斯大林格勒战役。

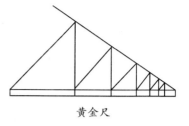

黄金尺

以上 0.618 与我们的相会，有的是客观事实，有的是人的心理感受；有的已成定论，有的则为一家之言；有的则是特别理想化的结果或巧合。不管怎样，我们都可以由此感受到科学的趣味，领略人类的智慧和对美的追求。当然，对于故事开头的问题也就有答案了。

万物之灵失误时
——蜜蜂胜过数学家

"最令人惊叹的是蜜蜂……蜂房是蜂蜜的容器，它是许许多多相同的六棱柱体，一个接着一个，中间没有一点空隙。这种设计的优点是避免杂物的掺入，弄脏了这些纯洁的蜂蜜产品……蜜蜂凭着本能的智慧选择了六边形。因为使用同样多的材料，六边形比三角形和正方形具有更大的面积，从而可贮藏更多的蜜。"公元 3 世纪，

蜂巢结构

古希腊数学的黄金时代已经过去。这时，亚历山大里亚出现了一批整理、注释先贤作品的学者。其中一位叫帕普斯（约 300—350）——亚历山大里亚学派最后一位著名的数学家，写了一本叫《数学汇编》的书，他在书中这样写道。

由此可见，早在 1 600 多年前，帕普斯就断言：六棱柱形的蜂巢结构符合一定条件下取得最大的容积的"经济效益"——蜜蜂用尽可能少的蜂蜡构筑了能尽可能多装蜜的蜂巢。

帕普斯的话倒是说出来了，事实是否如此呢？最省材料而容积最大的蜂房是不是横截面为六边形的容器？

16 世纪末，德国天文学家和数学家开普勒（1571—1630）指出，蜂房的角应和"斜方十二面体"（也叫菱形十二面体）的角一样。斜方十二面体是由 12 个相同的菱形构成的多面体，有 14 个顶点，其中 8 个是三面角的顶点，6 个是四面角的顶点。底部的正六边形是蜜蜂的入

口。顶部的 3 个菱形蜡板同时又是另一组六棱柱的底——3 个菱形蜡板分别属于 3 个相邻的六棱柱。他的发现当时并没有引起人们的重视和更多的研究。

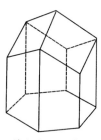

后来，人们还算出每个蜂房的体积都是 0.25 立方厘米。

斜方十二面体：
蜂巢的放大示意

到了 18 世纪初，出生在意大利的巴黎天文学家马拉尔迪（1665—1729），在他 1712 年出版的《蜜蜂的观察》一书中，首先将蜂房结构的问题正式提了出来。他在书中指出，蜂巢底部菱形的钝角应是 109°28′，锐角应是 70°32′。不过，他没有说出这两个角度是怎么来的。人们猜测，这么准确的角度值不大像测量的结果——有可能是从某种理论推出来的。不管怎样，问题是正式提出来了。

18 世纪初，另一位法国科学家列奥缪尔（1683—1757）——列氏温标的发明者，也对蜂房问题产生了浓厚的兴趣。他猜测，蜂房那样的结构和形状一定最省材料。由于他不会计算，于是他向出生在瑞士的德国数学家约翰·塞缪尔·柯尼希（1712—1757）请

马克劳林

教。柯尼希终于在 1712 年证实了列奥缪尔的猜测，不过，他的计算结果为 109°26′和 70°34′——与马拉尔迪的猜测值有 2′之差。

这 2′之差意味着什么呢？一种说法是，这 2′太小了，蜜蜂做到这么准确已经不错了；另一种说法是，数学家和蜜蜂，总有一个错了。

在爱丁堡，苏格兰数学家马克劳林（1698—1746）也研究了蜂房的形状。他在 1743 年发表的论文《关于蜂巢的底部》中，完全用初等数学的方法得出了让数学家们目瞪口呆的结果：这两个角分别是 109°28′16″和 70°31′44″——竟与蜂巢的准确值完全吻合！

我们可以得出结论了：蜜蜂正确，而数学家柯尼希却错了！

那么，第一流的数学家柯尼希又为什么会出错呢？

原来，真正错的不是柯尼希，而是他用的对数表印错了。不过，

对数表不是他印的。错印也不是当时发现的，而是在后来有一只船在用这错误的对数表计算经度时，也发生错误而遇难才发现的，即对数表的错是偶然发现的——《知识就是力量》1956 年 7 期 37 页这样写道。

在历史上，有许多人研究过蜂房问题。例如在 1917 年，英国数学家达尔西·温特沃思·汤普森著的《生长与形态》一书中，就用了相当大的篇幅，来叙述蜂房问题的研究史。许多文献也都记有这一趣题。

鉴于上述蜜蜂的正确，有人就戏称它为"动物数学家""智慧的动物"。"蜂房是自然界最令人惊讶的神奇建筑，"英

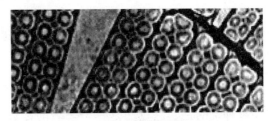

蜂窝状夹层结构

国生物学家达尔文赞叹说，"如果一个人在观赏精密细致的蜂巢后，而不知加以赞扬，那人一定是个糊涂虫。"其实，蜜蜂并不具备数学家般的智慧，而是出于本能。不过，它们为什么具有这种本能，倒是一个有趣的至今还没有完全揭开的谜题。

蜜蜂的建筑技巧，启示了科学家们用塑料及铝合金制造出蜂窝状夹层结构的飞机和导弹等飞行器——不但强度高，而且重量只有铝制品的 1/3，还有良好的隔音、隔热效果。

蜂窝状结构还可以在"天上"找到。1987 年，在英国曼彻斯特大学的王立帆，就观察到大麦哲伦星云里的一个宽 30 光年、长 90 光年的大"蜂窝"——由 20 个直径为 10 光年的气泡状星云组成。

对数表的一个小错就会带来一场海难，这是制表者始料未及的，由此我们应得到什么启示呢？

有趣的 355/113
——神奇的"密率"

对 355/113 这样一个分数，我们一眼就能看出它是这样构成的：把最小的三个奇数 1，3，5 各自重复一次，再将它们从"中间"分为两段，最后将这两段分别放在"楼下"和"楼上"。

神奇的是，它竟然是一个著名的常数 π 准确到小数点后第 6 位的值！

可不是么，π = 3. 141 592 6…，而 355/113 = 3. 141 592 9…。

不过，要得到这个 355/113 却不容易。在古代，人们都认为 π = 3，例如中国古算书中就有"径一周三"之说。到了公元前约 3 世纪，古希腊大数学家阿基米德发明了割圆术，并由此用一个简单而比较准确的分数——22/7 来近似表示 π 值。这是一次突破——

阿基米德

这个分数简单易记，而且与准确 π 值的绝对误差仅约 1/1 000，一般计算也很实用，以至于它的近似值 3.14 至今还被我们广泛使用呢！不过，人们对这些并不满足，还想找一个简单的分数，使它比 22/7 还准确。几百年过去了，人类还未如愿以偿。

到了 5 世纪，中国诞生了一位伟大的科学家祖冲之（429 或 430—500）。他终于得到了分数 355/113，而且把它称为"密率"——22/7 则被他称为"约率"。

祖冲之是用什么方法，具体在何年得到 355/113 的呢？这已无文献记载了。既然无文献记载，又是怎么知道他得到了"密率"呢？

祖冲之

原来，记载祖冲之有关"密率"内容的书是他自己写的数学名著《缀术》。这本书曾作为古代学校学数学必用的《算术十经》中的一部，曾传到朝鲜、日本等国作课文。由于这本书语言艰涩难懂，所以在流传了几百年之后，大约在北宋的天圣（1023—1031）至元丰（1078—1085）年间，或者更早就失传了。我们之所以得知他已求得"密率"，是其他古书对《缀术》有所记载的缘故。例如《隋书·律历志》中就有"祖冲之密率圆径一百一十三圆周三百五十五"的记载。

由于《隋书·律历志》中没有祖冲之求得355/113的方法的记载，所以近代许多学者对此进行了不尽一致的猜测。猜测主要有：得自不定方程或求一术，得自调日法，得自连分数法，得自无穷级数法，得自均值法，得自折中法，得自分他求盈朒二限时用的割圆术。究竟用哪种方法得到的，至今还没有定论。

祖冲之之后1 000多年的1573和1585年，德国数学家奥托（1550—1605）和荷兰数学家安托尼兹（1527—1607），又重新发现了"密率"，所以在欧洲，人们又把将355/113称为"安托尼兹率"。

为了纪念祖冲之那么早就身手不凡地发现了"密率"，日本数学史家三上义夫（1875—1950）在《中日数学发展史》这本1913年出版的著作中，就建议"我们极力主张以后称它（355/113）为'π的祖冲之分数'。"

4年以后，中国著名科学家茅以升（1896—1989）在1917年4月出版的第三卷第四期《科学》

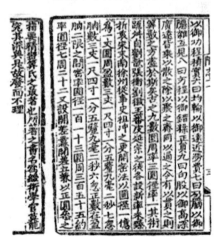

《隋书》(1603影印本)中
关于祖冲之圆周率的记载

杂志上，发表了《中国圆周率略史》一文，其中写道："冲之密率，千载以后西洋始有发现……日畴三上义夫……建议拟命为'祖率'。"

从此，355/113 就又有了一个新的名字——"祖率"。

不过，现在一些报纸、期刊或科普书中，却把祖冲之的所有算 π 成绩都笼统地称为"祖率"，或者把祖冲之算 π 成绩之一——3.141 592 6 ＜ π ＜ 3.141 592 7 称为"祖率"，都是不对的。祖冲之算 π 成绩有三：3.141 592 6 ＜ π ＜ 3.141 592 7、约率 22/7、密率 355/113。

到了 19 世纪，人们已经把 π 值算到小数点后几百位了。例如三上义夫在 1913 年就说，"祖率"之前的 1873 年，英国威廉·山克斯（1812—1882）就曾得到了准确到小数点后 527 位的 π 值。这样，准确到小数点后仅 6 位的 355/113 就根本不值一提。那为什么三上义夫却如此看重，要专门以祖冲之的姓氏来命名呢？

原来，其中大有学问。它涉及连分数、最佳分数、渐近分数、最佳逼近理论等数学理论。由于这些理论近代人已经掌握，所以要求得 355/113 并不困难。无论如何，距今 1 000 多年前的祖冲之能求得这个值，就不能不说是一个奇迹，三上义夫称它为"祖率"也就不足为奇了。对于有关理论，我们不打算在这里做过于专业化的介绍，但通过以下简单叙述，仍然可以领略到"密率"的风采。

根据最佳逼近理论，可以算出 π 的最佳分数：**3/1**，13/4，16/5，19/6，**22/7**，179/57，201/64，223/71，245/78，267/85，289/92，311/99，**333/106**，**355/113**，52 163/16 604，……

其中的 4 个正黑体字，是 π 的渐近分数。

下面来看 **355/113** 前后几个最佳分数，与准确 π 值之间的差的绝对值 Δ：

22/7 = 3.142 857，（注意：这里和下一行的一个式子中各有两个数字上都有小黑点，表示一个循环节）$\Delta_1 = 10^{-3} \times 1.264\cdots$；

333/106 = 3.141 509 433 962 264，$\Delta_2 = 10^{-5} \times 8.321\cdots$；

52 163/16 604 = 3.141 592 387$\cdots$，$\Delta_3 = 10^{-7} \times 2.662 132\cdots$；

对循环节为 112 位的 **355/113**，$\Delta_4 = 10^{-7} \times 2.667\,641\cdots$。

比较上面的各个 Δ，可以看出，**333/106** 和密率 **355/113** 的繁简程度差不多，但前者的 Δ_2 却比后者的 Δ_4 大了约 312 倍；而 52 163/16 604 的 Δ_3 仅比 **355/113** 的 Δ_4 小了大约 0.2%，但分母 16 604 却是 113 的大约 147 倍。因此，如果用 52 163/16 604 表示近似 π 值，就显得很繁杂。

此外，由最佳逼近理论可知，在分母小于 16 604 的分数中，没有哪一个能比 **355/113** 更接近 π 的准确值了。中国数学家张景中（1936— ）用一种简单的初等数学方法，也得到类似的结果。

德国人苏本在《数学游戏与随笔》一书中说，分母在 1 000 以内的整数没有比密率更准确的，台湾 1982 年出的《环球百科全书》甚至将 16 604 减小到 113。这类说法显然大大低估了密率的优越性。

可见，355/113 确实非常神奇：既简单好记，又准确实用。

355/113 还有另一个"更神奇"的神奇，也许就是因为它这"更神奇"，人们才始终没有人捅破，直到 19 世纪才有人揭穿——355/113 可写作 $3 + \dfrac{4^2}{7^2 + 8^2}$。你看，它的分数部分的分子是一个完全平方数，而分母则是两个完全平方数的和！

这一神奇的发现者是德国数学家盖尔德（Jakob de Gelder）。他在 1849 年利用这一神奇给出了一种很精确的圆周率 π 的近似作图法，其精确度达到了 2.667 641…/10 000 000，而他的做法如下：

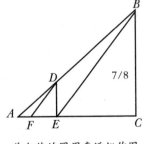

盖尔德的圆周率近似作图

在图中，圆的半径为 1，两条半径互相垂直。取 $BC = 7/8$，$AD = 1/2$，作 $DE \perp AC$，连接 BE，再作 $DF /\!/ BE$。这样，$AF = 3 + \dfrac{4^2}{7^2 + 8^2}$ ——π 的小数部分的近似值。将这个值加 3，就得到近似 π 值了。由图求得 $AF = 3 + \dfrac{4^2}{7^2 + 8^2}$ 的过程，留给读者。

从骰子到原子弹
——蒙特卡洛方法的诞生

蒙特卡洛（Monte Carlo）是地中海沿岸欧洲国家摩纳哥的一个城市，它以"赌城"闻名于世。那里云集了来自世界各地的赌徒。赌徒们赢了，可以"纸醉金迷"一番；输了，可以到那里的一座"自杀桥"投河自尽。总之，生死都可以"风流"。

蒙特卡洛方法（Monte Carlo method），是数学中的一种方法。那为什么数学方法要用这样一个城市来命名呢？标题中的骰子和原子弹，与它又有什么关系呢？

数学有一门叫概率论的分支，而它的起源则是对赌博的研究。当时欧洲在赌博时常用骰子为赌具，于是我们的故事，就从 15 世纪欧洲用骰子的赌博开始。

夜色中的蒙特卡洛一角

意大利数学家帕奇奥里（约 1454—1514）最早对赌博中的输赢做了估计。他在 1494 年发表了数学专著《算术、几何、比和比例摘要》，其中就研究了如下赌博问题。在一次赌博中，两个赌徒都各自要赢 6 次才算赢；但在一个只赢了 5 次，另一个只赢了 2 次时，比赛就中断了。问题是：这时应如何分配总的赌金。帕奇奥里的主张是按 5:2 分配。虽然他并没有正确地解答这一问题，但由此却引起了人们的思考。

到了 16 世纪，另外两位意大利数学家塔尔塔利亚（约 1500—

1557）和卡尔丹（1501—1576）也研究过类似的赌博问题。卡尔丹还为此写了一本叫《赌博论》的书，书中算出了掷两颗或三颗骰子时，在一切可能的方法中得到某一总点数的方法数；并认为上述问题的答案不是赌过的次数之比 5:2，而是应考虑剩下的次数，即总赌金应按 $(1+2+3+4):1 = 10:1$ 来分配——可见他的思路是对的，但计算方法却不对。

16 世纪末，欧洲许多国家的保险业从航海扩大到工商业。由于保险业务的扩大和保险对象都带有随机现象的色彩，所以迫使他们研究这样一个问题：既要保证赢利，收的保险金不能太少，又要保证投保人乐意投保，收的保险金又不能太多。这就需要对保险问题所涉及的随机现象进行研究而创立保险业的一般理论。于是，概率论产生的时机到了。问题的难点是，保险问题所涉及的随机现象常常被许多错综复杂的因素干扰，因此，人们就从简单的、容易研究的赌博问题入手，于是"骰子"再次摆到数学家们的桌子上。后来有人甚至戏称概率论为"赌博的科学"。

帕斯卡　　　　费马

1654 年 7 月 29 日，是概率论史上一个值得纪念的日子。这一天，法国数学家帕斯卡（1623—1662）写信给另一位法国数学家费马（1601—1665）研究了赌博问题。由于他们两个人的通信讨论，使概率这一概念才比较明确。他们是严格意义下的概率论的早期创立者。当然，创立者还应加上荷兰数学家惠更斯（1629—1695），因为他在 1657 年发表的论文《论赌博中的推理》中，建立了概率和期望等重要概念，并得出相应的性质和计算方法。

那帕斯卡为什么会给费马写信呢？原来，帕斯卡有一个朋友叫安托万·戈巴德（1607—1684），又名梅雷骑士（Chevalier de Méré），是一个赌徒。梅雷曾与一个侍卫官投骰子赌博，正当两人兴致正浓的时候，侍卫官得到通知，必须马上回去陪国王接见外宾。赌博显然无法进行了，但双方却为分配赌金争论不休，谁也说服不了谁。于是，梅雷就写信向帕斯卡求教。帕斯卡对此也很有兴趣，他经过研究后把这一难题和他的解答一起寄给费马，就有了上述通信研究。

经过 18—19 世纪数学家们的研究，概率论得到了飞速发展。

第二次世界大战爆发后，美国在20 世纪 40 年代研制了原子弹。在这期间，在美国的洛斯－阿拉莫斯实验室工作的物理学家，要计算中子在各个不同介质中游动的距离，研究链式反应。两位美国数学家冯·诺伊曼（1903—1957，出生在匈牙利）、乌拉姆（1909—1984，出生在波兰），利用数值计算的方法和技巧，在计算机上实现了第一个蒙特卡洛的程序，跟踪大量的中子，模拟每个中子游动的"生命"历史，然后作统计处理，使中子运动的统计规律性得以呈现。这样，他们就创立了蒙特卡洛方法。

冯·诺伊曼　　　　乌拉姆

用蒙特卡洛方法来解决问题，分为三个步骤。首先建立与问题有关的随机模型，再按建立的模型进行大量的随机试验，最后用统计方法得到问题的近似答案。

从此，蒙特卡洛方法开始得到广泛应用——在数学、物理、化学、国民经济、科研各学科和部门用通常的解析方法或数值方法难以得到解答时大显身手。

这一方法的建立得益于概率论的发展，概率论又来自对赌博的研究，所以这种方法以赌城——蒙特卡洛命名，就不足为奇了。

帕斯卡治牙痛的秘方
——魅力旋轮线

旋轮线又名摆线，它是一个圆沿着一条曲线做无滑动的滚动时，与该圆固定的一点 P（P 可在圆内、圆上、圆外）的轨迹——是一条曲线。一条曲线能成为治疗牙痛的"秘方"吗？

是的，在科学史上就有这样一件似乎很奇特的事。

1658 年初，法国数学家、物理学家帕斯卡（1623—1662）带着胃痛、失眠和牙痛，又开始了他的数学研究。他的研究课题就是摆线。由于在此之前，他有过心中想起一些几何问题时牙就立刻不痛了的经验，所以就拼命地干了八个不眠之夜。最终对旋

帕斯卡

轮线作了一个比较完备的总结：用几何方法求出了有关面积和相应旋转体的体积。这八天他的牙不痛了——于是摆线成了他治牙痛的"秘方"。他的研究成果，被写成论文《论摆线》发表在 1658 年 7 月至 1659 年 1 月的一些传单或小册子中。

真是无独有偶，数学书也可以成为治病的"秘方"。捷克数学家、哲学家波尔查诺（1781—1848）就讲过一个关于他本人的有趣小故事——把欧几里得的《几何原本》当"医生"。那时，他正在布拉格度假，不幸的是他生病了，浑身发冷，疼痛难忍。为了

波尔查诺

分散注意力，他拿起了《几何原本》。第一次阅读到第五卷中关于欧多克斯（约公元前 408—前 355）比例理论中的精彩理论时，他感到无比

兴奋，以至于从病痛中完全解脱出来。后来，当他的任何朋友生病时，他总是把阅读《几何原本》作为治病妙方推荐给他们。

研究或阅读为什么可以治病呢？帕斯卡认为是"神意"。这也难怪，早在1654年他就承认，时时有一种强有力的暗示：他重新从事数学活动和科学活动得罪了"上帝"。于是"神"的启示终于出现了，一次他失去控制的马越过大桥的高墙冲向死亡之时，只因为最后一秒钟缰绳断裂，他才奇迹般地活了下来。这一偶然事件加强了他精神上的信念，他把这件事记在一张小羊皮纸上。从此他又坚定地回到他的宗教沉思中去了，直到前述1658年为止。

虽然帕斯卡用"神"来解释"治病"的原因是错误的，但我们却可以对研究或阅读也能治病或减轻疼痛，给予科学的解释。

庞加莱

人的痛觉（和其他任何感觉）的神经机制是，痛觉（或其他感觉）器官中的痛觉（或其他感觉）细胞（感受器），在接受刺激之后，就产生一定的神经波动。这种波动通过神经传到大脑皮下层的相应中枢和皮层的相应中枢，来自感受器的神经冲动在这里进行分析、综合活动产生"兴奋"，从而引起痛觉（或其他感觉）。当人在病痛时研究问题或看书学习，另一部分中枢就产生了"兴奋"，从而使前述中枢的"兴奋"受到抑制，其结果就是疼痛减轻或消失了。在日常生活中，有时我们有这样的体会，当我们在专注地思考一个问题、看一本书时，周围的人大声地叫自己的名字，自己却听不见，道理也类似。一次，法国数学家庞加莱（1854—1912）在房中思考问题，来回踱步达3小时之久，却完全没有听到女仆通报有一位芬兰数学家来访问的声音，就是上述道理的例证。

上述疼痛的减轻是暂时的，当这种"干扰"疼痛的刺激——例如上述学习、研究过去之后，疼痛又恢复了。要彻底治疗病痛，还须药物或精神疗法。药物能治病这个人所共知的常识不是这里的话题，我们主要谈精神疗法——精神有时也能治疗病痛。

日本医学博士春山幸雄写了一本名叫《脑内革命》的书。1996 年就销了 300 万册，已被译为中文出版。该书认为，现在医生看病，80％都是白付药费！他还反复告诫说，要想延年益寿、减少疾病，就要有乐观向上的心态，自我营造愉快的生活氛围。"笑一笑，十年少；愁一愁，白了头"就是这个道理。现代医学证实，愉快的心情能使体内分泌出一种有良性刺激的"快感激素"，增强体内的免疫细胞，具有防止衰老、抑制疾病，提高自然治愈力的出色功效。不但春山有这样的见解，许多医学、生理学工作者也有类似的见解。总之，精神疗法可以治疗某些疾病或延年益寿。在美国的一项实验研究表明，人大脑中的"乐观中心"——杏仁核和前扣带皮层这两个区域，在产生乐观情绪的神经网络中起到关键作用。这项研究成果发表在 2007 年 10 月 24 日出版的英国《自然》周刊上。

理论上有了依据，实际上是不是这么回事呢？回答是肯定的。这里举出一个实例。20 世纪 20 年代，一个名叫艾尔·汉里的美国人，因为常烦恼，得了胃溃疡，继而胃出血，体重从 175 磅（每磅合 0.454 千克）减到 90 磅，医生说他已经无药可救了。他却对自己说："如果你除了等死，再也没有别的指望了，还不如好好地利用一下剩余的时间。你不是想环游世界吗？只有现在去做了。"于是，他在洛杉矶登上了"亚当斯总统"号船，开始向东航行。说也奇怪，他居然觉得胃病好多了！最终回到美国的时候，体重竟增加了 90 磅，病也逐渐好转，活到了 1948 年之后。这类事件，不胜枚举。

精神的确可以治疗某些疾病。纯洁的爱情、真挚的友谊、豁达的心胸、开阔的视野、坚强的意志、非凡的毅力、愉悦的情绪、健康的冥思、执着的追求、有益的交谈、崇高的理想……都能支撑起药物不能支撑的精神支柱，使人减轻或治愈疾病、延年益寿。但愿亲爱的读者朋友都能掌握这一"秘方"。

帕斯卡是一位数学神童，12 岁就独立得到"三角形内角和等于180°"的定理，16 岁时就发现被称为"帕斯卡定理"的"神秘六线形定理"。在数学和物理领域有许多至今仍有价值的发现。他还是一位哲学家，他"服从多数是最好的办法……同时也是最不高明的意见"的名言哲理深刻，折射出他主张独立思考之光。可惜的是，由于他疾病缠身和刻苦过度，加上他并没有从唯物主义的角度而是从"神"的角度去对待疾病，缺乏乐观的心态，最终于 39 岁死于巴黎皇家道德会。尽管如此，由于他在诸多方面的成就，1962 年世界和平理事会推举他为世界文化名人。

不想留名而英名永存

——菲尔兹奖这样诞生

提起诺贝尔奖，可说是家喻户晓，但遗憾的是，数学这一重要基础学科却没设奖项——这很不利于鼓励数学研究。那么，数学界有没有与之相当的奖项呢？

1863 年 5 月 14 日，加拿大数学家查尔斯·约翰·菲尔兹出生在首都渥太华。菲尔兹的童年是不幸的——11 岁父亲去世，18 岁母亲病故，但是他仍自强不息，自 1880 年考入多伦多大学攻读数学后，又于 1887 年获美国霍普金斯大学博士学位，1889 年在美国柯勒格尼大学任教授。他还不满足。由于当时世界数学研究中心在欧洲，为了学习欧洲的数学理论和研究方法，他远涉重洋，从 1892 年起先后到巴黎、柏林工作和学习达 10 年之久。最终，他不但在数论方面有一定贡献，而且成了成就卓著的数学事业的组织者、管理者，担任过国际数学家大会（ICM）组织委员会主席。

1924 年，第 7 届 ICM 在多伦多召开——菲尔兹主持了这次对推动北美数学发展起了巨大作用的大会。会后，他为了整个国际数学事业的发展，改变长期没有权威的国际数学大奖的局面，就向各国数学家建议，利用这届大会结余的经费作为基金，设立一项国

菲尔兹

际数学奖。他还建议，为了强调国际性，不以任何数学家的名字命名。

为什么菲尔兹在此时才建议设立这一奖项呢？原来，1920 年在法国斯特拉斯堡举行了第 6 届 ICM，由于这座城市在第一次世界大战前

是德国的领土，一些还有"战败情结"的德国数学家就拒绝参加大会。菲尔兹觉得，这种倾向会妨碍数学研究的国际性，于是他在第7届ICM之后提议设立一个数学奖项，就很自然了。

不幸的是，在第9届ICM即将召开前约1个月的1932年8月9日，菲尔兹溘然长逝。生前，他将他的遗产捐赠给该奖项作为基金。第9届ICM如期举行。大会经过慎重讨论决定，不采纳菲尔兹生前对该奖项不以人名来命名的建议，决定以菲尔兹的名字命名这一奖项——"菲尔兹奖"由此正式设立。所需缺额资金则来源于1924年第7届ICM的结余。

这样，一个不想留名的菲尔兹，反而因为用他的名字命名的菲尔兹奖而流芳百世了。

这真是科学史上有趣而生动的一页："白石，或帝王的镀金纪念碑，都不能比我这有力的诗活得更长。"英国戏剧家莎士比亚（1564—1616）的这句诗说，历史上有不少当时炙手可热的帝王将相，把自己的名字镌刻在他们认为可以万古存留的碑石上，历史却让它灰飞烟灭，而那些不想留名，实实在在为人类谋利的科学家们的名字，却在人们心中永驻。"随之我们会看到智慧和学问之碑怎样远比权力或武力之碑更加长垂不朽。"与莎士比亚同时代的同胞弗朗西斯·培根（1561—1626）在1605年《学术的进展》一书中的这段话，就是对莎士比亚的诗的最好的诠释，也是对菲尔兹奖"有趣而生动的一页"的最好评价。

1952年，国际学术组织国际数学联盟（IMU，又翻译为国际数学联合会）在意大利成立。从此，菲尔兹奖就由IMU来评定——这与诺贝尔奖由瑞典国内的组织评定不同。

正面：超越人类极限，做宇宙的主人　　反面：全世界的数学家们为知识做出新贡献而自豪

先由IMU执委会提出一个由8人组成的评委会（IMU执委会主席任评委会主席）来遴选。具体评选过程为：

①每个评委提名，共提出约 40 人候选；②内部评比、辩论，并征求各国数学家意见；③评委会投票决定得奖人。

佩雷尔曼

从 1936 年开始颁发的菲尔兹奖，有一枚金质奖章，奖金只有 1 500 加拿大元（不到 5 000 美元）。这和当初有五六万（2006 年已增加到 137 万）美元奖金的诺贝尔奖相比，在数额上不值一提。菲尔兹奖每隔 4 年才评发一次，每次 1～4 人，且只奖给 40 岁以下的青年数学家，所以比诺贝尔奖更不容易得到。从 1936 年开始颁发到 2014 年（中间因为第二次世界大战曾中断，1950 年恢复）的最近一次，共 56 人得奖，平均每年不到 0.9 人——同期各诺贝尔奖项平均每年超过 1.4 人。也由于这个原因，国际上许多第一流的数学家，都遗憾地没能得到这个奖：出生在匈牙利的美国人冯·诺伊曼（1903—1957），三位法国人埃利·嘉当（1869—1951）和他的儿子亨利·嘉当（1904—2008）、安德烈·韦伊（1906—1998）……

获得 2006 年菲尔兹奖的，是四位数学家：俄罗斯的格里戈里·雅科夫列维奇·佩雷尔曼（1966— ）与安德烈·尤里耶维奇·奥昆科夫（1969—），法国的文德林·维

获 2006 年菲尔兹奖的另外 3 位数学家：维尔纳（左一）、奥昆科夫（左二）和陶哲轩（左三）

尔纳（1968—），澳大利亚的华人陶哲轩（1975—），但是，特立独行的佩雷尔曼却没有露面，也没有登上在西班牙首都马德里召开的第 25 届国际数学家大会主席台领奖。他也成了在菲尔兹奖奖金 80 年的历史上第一个、也是唯一的一个拒绝领奖的人。还有另一个唯一——截至 2019 年，只有一位女数学家获奖：伊朗的玛利亚姆·米尔扎哈尼

（1977—2017），与另外三位数学家共享 2014 年菲尔兹奖。

当然，菲尔兹奖只奖给纯粹数学方面的工作，所以荣誉很高的这个奖项，也不完全是数学家最高水平的恰当评价。

为了弥补这个缺陷，在 2001 年 8 月，挪威王国政府宣布，从 2003 年起，每年 6 月 3 日前后在奥斯陆颁发奖金高达 600 万挪威克郎（约合 87.5 万美元）的"阿贝尔奖"。一年一度的阿贝尔奖（获奖者 1 人）的设立，既纪念了杰出的挪威数学家阿贝尔（1802—1829）诞生 200 周年，也弥补了菲尔兹奖奖金数额少、获奖人数少和只限于纯粹数学的不足，真正成了和诺贝尔奖媲美的科学界最高奖。截至 2017 年年底，阿贝尔奖已经颁发到第 15 届——得主是法国数学家伊夫·梅耶尔（1939—　）。

全体阿拉伯数祝贺我
——维纳妙题惊四座

3岁能读写；7岁学完初等数学、解析几何、物理、化学、法语、德语和拉丁语，并能阅读和理解意大利诗人但丁（1265—1321）及英国生物学家达尔文的著作；11岁上大学；不到15岁毕业于因茨学院数学系；18岁多就以数理逻辑的论文获得哈佛大学哲学博士学位。

你相信有这样的"天才"吗？

有的，他就是美国数学家诺伯特·维纳（1894—1964）———一位当之无愧的神童。

"请问先生今年贵庚几何？"1913年的博士学位颁授仪式自然贵宾如云，庄严隆重。谈笑风生的人们一看，只见维纳一脸稚气、好似一个"乳臭未干"的"黄口小儿"，不禁这样好奇地问他的实际年龄。

"不才今年岁数的立方是一个四位数，岁数的四次方是一个六位数。如果把两者的全体数字写出来，它们正好是全体阿拉伯数字——0，1，2，3，4，5，6，7，8，9，一个不重复，一个不遗漏。这就是说，全体阿拉伯数都向我祝贺，祝我今年取得博士学位，祝我将在数学领域扬帆远航！"维纳略加思索后，妙语作答。

维纳反客为主，以问作答的趣题使四座皆惊，人们交头接耳，议论纷纷："他今年到底多大？"这个问题竟暄"宾"夺"主"，压倒了当天的"主题"——博士学位颁授仪式，一时成为会场的主旋律。

当然，要解这个题也不难，只要有一点初等数学知识就行了。因为$22^3 = 10\ 648$，已不是四位数，$17^4 = 83\ 521$，已不是六位数；所以他的年

龄只可能是 18，19，20，21。$19^2 = 361$，361^2（即 19^4）
首位和末位都是 1，重复了，不符合条件；20^3 有 0 重复；
$21^4 = 194\,481$，有 1 和 4 重复，也不符合条件。只有 18
才可能成为"替补"。那我们再看看这位"替补"。
$18^3 = 5\,832$，$18^4 = 104\,976$，正好！0，1…8，9——10 个

维纳

阿拉伯数一个不遗漏、一个不重复，正向维纳表示祝贺哩！

维纳的妙题，使我们想起了英国哲人弗朗西斯·培根的话："美的
至高无上的部分，无法以彩笔描绘出来。"

维纳没有辜负全体阿拉伯数字的祝贺，他最终成为信息论的先驱，
也有人认为他是控制论的创立奠基人。他一生写了 14 本书和发表 240
多篇论文。1947 年 10 月完成、1948 年出版的《控制论》是他在控制
论方面的代表作，1949 年就重印过多次，中文译本也于 1963 年由中国
的科学出版社出版。1932 年和 1964 年，他还分获美国数学会的波策奖
和美国科学勋章。这是他勤奋一生应得的报偿。

1988 年 8 月，在荷兰首都阿姆斯特丹召开的第四届国际控制论研
讨大会上，通过了一项决议——承认控制论的诞生应从原来的 1948 年
提前到 1938 年，其奠基者不是维纳，而是罗马尼亚学者斯特丹·奥多
伯雷迦。这就确定了控制论的最早奠基者不是维纳。

早在 1938 年，奥多伯雷迦就在巴黎发表了两卷本的专著《和谐的
心理学》。书中虽然没有明确使用"控制论"一词，但却详细地阐明了
控制论的基本法则，证明了可用机器来模拟人的思维过程。《和谐的心
理学》出版后，在国际科学界也广为流传。

为了真理，为了祖国的荣誉，奥多伯雷迦奔走和呐喊了近 40 年。
他说，有证据表明，不管是维纳还是他身边的专家或学者，在 1938 年
以前，对当今称之为"控制论"的科学领域，根本没有兴趣。经过近
40 年的努力，直到他病逝前夕，国际科学界终于确立了奥多伯雷迦控
制论奠基者的地位。

荒唐的议会
——用法律确定 π 值

"喂，我的提案——一个'数学真理'，能给我们的州带来富裕。"

1894 年，美国印第安纳州议会。一位名叫埃德温·古德曼（1825或 1828—1902）的美国印第安纳州"荒凉镇"的医学博士对议员们这么说。

"什么提案，什么'数学真理'？"听到这么好的消息，议员们迫不及待地要问个究竟。

"超自然力量教给我一种计算圆周率的最好方法，"古德曼不慌不忙地回答，"所以我顺利解决了过去 100 多年里最优秀的人才绞尽脑汁也无法解决的问题……上帝亲自传授给我计算圆周率的方法，这正印证了《圣经》的预言。"

接着，古德曼介绍了他的提案的第二部分内容：发现第四个重要事实，即直径和圆周之比等于 5/4 与 4 之比。我们容易算出他的"数学真理"是 π = 3.2。

"那么，π = 3.2 怎么给我们的州带来富裕呢？"议员们依然迷惑不解。

"如果这个法案最后被通过，将允许我们州的任何人有权无偿地使用，而其他州的人使用——就必须'掏腰包'。"古德曼回答。

…………

不可思议的是，经过古德曼的游说，在 1897 年 1 月 18 日该州众议院议员泰勒·雷科德（Taylor I. Record），将"修改圆周率为3.2"提议为第246号提案。当然，它出自古德曼之手，因为雷科德后来说，他根本就不知道提案的内容。

当时稍有数学常识的人都知道，圆周率 π 是一个无限不循环小数——无理数，也是无理数中的超越数。在理论上说，可以把它计算到小数点后任意多位，无法用一个有限的数来表示它，因此不可能是3.2。

一致通过

由于该州公共教育局长对这一提案大力支持，所以州众议院于1897年2月5日以67比0的"比分"，一致通过了这个提案。接着，将它递交给参议院的一个委员会。法案竟附带保证说，古德曼的3.2是正确的，因为它还得到美国数学界最权威的期刊《美国数学》月刊（*American Mathematical*）的认可——发表了古德曼的3.2。如果最终得到参议院的通过，该提案就将被实施。

似乎是"上帝"不愿"毁灭"人类，每次都在灾难即将降临之时派来救星。这次也不例外，"上帝"派来的救星是普渡大学（Purdue University）的数学家、作家、教育家克拉伦斯·阿比亚萨·瓦尔多（1852—1926）教授。他在忙别的事情时，偶然听到一些人在议论这件事，觉得很不对劲，于是决定在参议院表决前几分钟对此进行干涉。

瓦尔多

最后，该州的参议院在1897年2月12日投票，终于被迫做出无限期搁置讨论的决议，至今仍未"解冻"。当然，此前一些报纸也对这一荒唐的事进行了冷嘲热讽——这也是提案被搁置起来的原因。这样，印第安纳州的"发财梦"，也就像肥皂泡一样破灭了。

那么，当初《美国数学》月刊为什么要发表古德曼的"新发现"呢？原来，既有该州公共教育局长的奋力支持，也可能该期正好剩有版面，或者还有古德曼的死缠烂磨，还加上"保险系数"：这个月刊编辑曾指出，发表是"应作者本人的要求"。

从这个使人啼笑皆非的趣味故事中可以看出，对自然科学无知的人，就不应在这方面随意举起你表决的手……

拒绝审查的论文
——"永动机"幻想破灭

"我亲爱的马尔丁！炼制黄金自然是一件动人的事情……但是，如果得到了 perpetuum mobile……啊！"

这是俄国著名诗人普希金（1799～1837）在他的大作《骑士时代的几个场面》中，描写一个叫别尔托尔德这类幻想家的一段话。其中的 perpetuum mobile 是"永动机"的拉丁文。

于是，永动机的"实物"与设计论文层出不穷。

科学技术论文一般都要通过审查才能初步确定它是否真有某种价值，但是，在科学史上，却有拒绝审查的论文的例子。论文怎么会被拒绝审查呢？这与永动机又有什么关系呢？

人类在改善自己的物质和精神生活的过程中发现，光靠自己的力量是不够的。于是，利用畜力和自然力就顺理成章：用牛耕田、用马拉车，用风车汲水、用水车推磨……

由于利用畜力和自然力是要受到诸多条件限制的，于是另一种梦想萌生了：发明一种精巧的机械，给它一个初始动力之后，不再向它补充能量，它就会永远运转，甚至还能提供我们所需的能量。这种机械多好呀！人们还给它取了一个迷人的名字——永动机。

恐怕没有任何技术发明会比永动机更使人类心驰神往了——提供不再花钱的永不枯竭的能源，在我们需要的永不疲劳地开动的那些机器面前"坐享其成"……

永动机较早的梦想始于"水能"（水的重力、动能或浮力）。大约

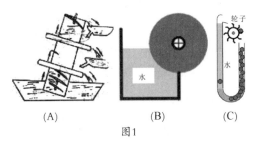

公元前3世纪，古希腊科学家阿基米德就设计了图1（A）所示的一种永动机。先用人力把右边最上面的容器装满水，然后让水一级一级地冲下来，水就冲动汲水器外面的一个个叶轮，使汲水器转动，汲水器把水汲上来后，水就再次流入容器。这样，汲水器就周而复始地"永动"了。我们不知道阿基米德是否将他的设计付诸实际，但可以断言，这台永动机会很快耗尽水的重力势能而"罢工"。

利用"静水"的浮力的永动机，比阿基米德的"动水永动机"更简单而"巧妙"。图1（B）就是其中之一：可绕轴转动的圆柱形实心木轮的左下部分浸没在水中；"显然"，这部分会因为受到浮力（其他部分没有受到）而上浮，于是木轮"会"永不停息地沿顺时针方向转动。如果我们在分析它也不会永动的原因遇阻时，就得回忆物理老师反复强调的"力有三要素"——大小、方向、作用点。事实上，木轮的浸水部分所受到的力，始终是沿着半径指向转轴中心的！所以，它也会"一动不动"。

图1（C）也是一个"巧妙"的设计：重力使U形管右边球串向下并接触左边的水面，这些球就会因为受到水的浮力依次上升，推动轮子转动；转动的轮子让球落下，以此循环而"永动"。

在古印度，也有永动机的思想。例如，在624年，印度数学家、天文学家婆罗摩笈多（约598—约668）就描述过永动机。1200年前后，这种思想被传到了西亚的伊斯兰教世界，并继续传到了西方。

时光飞逝，阿基米德之后1 000多年后的

霍内科特

13世纪，利用"机械能"的永动机开始登场。一位法国的哥特式建筑工程师韦拉尔·德·霍内科特（Villard de Honnecourt），设想在一个轮子的边缘用合页等距离地固定住可以转动的7个木槌，给轮子一个原始动力使其转动后，木槌就会交替打击轮缘，使轮子永不停转。很显然，因为摩擦阻力的存在，他也不会成功。

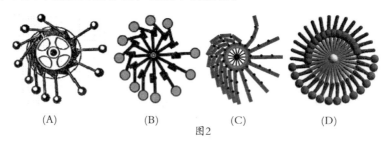

(A)　　　　(B)　　　　(C)　　　　(D)

图2

如图2（A）所示的另一种永动机，也是奥努克尔的"杰作"。被他称为"魔轮"的一只轮子的边缘上，装着12只能活动的短杆——一端固定一个诸如钢球之类的重物，另一端可绕端部的铰链转动。这样，用力将轮子沿顺时针方向推动后，不管轮子转到哪个位置，轮子右边的各个重物一定比左边的各个重物离轮心远而具有更大的力矩，重物就会"下压"，使轮子沿顺时针方向永远转动；但事实上它却一点也不会动。原因是，右边的重物的个数总比左边少。这样，顺逆时针两个方向的力矩始终相等，因而轮子保持力矩平衡状态，只会在摇晃几下之后"休息"。这类"魔轮"在奥努克尔之前或之后不止一种，例如图2的（B）——把图2（A）的一节短杆换成两节，以及图2的（C）——换为"三节棍"式的"软臂永动机"，还有图2的（D）——换为"棍穿珠"。

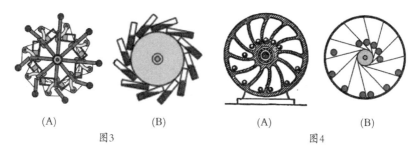

(A)　　　　　(B)　　　　　　(A)　　　　　(B)

图3　　　　　　　　　图4

类似的永动机还有图3（A）：连着绳子的8个滑块分别在8个方形筒中移动，就像内燃机的活塞在气缸里往复运动那样。图3（B）的12个方形容器里装的则是诸如水、水银之类的液体，它的"发明"者是印度数学家、天文学家巴斯卡拉（约1115—约1185）。

图4（A）所示的永动机，是意大利科学家、艺术家达·芬奇（1452—1519）的"杰作"。圆轮里装的是12个能自由在槽内滚动的沉重的钢球，用力转动轮子之后，左边的钢球就会比右边的钢球离轮心远，使轮子永不停息地做逆时针方向的转动。类似的永动机，还有图4（B）。

有趣的是，这种"不永动"的"永动机"却成了宝贝——在商家那里。在商业广告盛行的美国，洛杉矶市的一家咖啡店为了吸引顾客，特地设计了一个很大的轮子（图5）。它日夜不停地运转，看起来好像是由于沉重的钢球使它"永动"，但实际上是由一个隐藏的电动机来带动的。不过，对"永动机"的好奇，还是常常使许多人在此驻足观望。它的"原版"（类似图5上方的轮子），是17世纪德国的渥雪斯特二世侯爵"发明"的"自动轮"。

图5

图6　不可能成功的"磁力永动汽车"

这类永动机广告，还出现在一直是全球销量最大的生活科技信息杂志——创刊于1872年的《大众科学》（*Popular Science*）月刊1920年第10期的封面上（图6）。

随着对磁的认识的加深，利用"磁能"的"磁力永动机"与上述机械能永动机一样，也是热门品种——试想，坐着"磁力永动汽车"兜风有多惬意！

图 7（A）是一个"磁力永动机"例子。磁铁 A 把钢球 B 沿槽 M 吸到 C 点的孔中沿槽 N 落下后，又会经过下端弯曲处沿斜面上升回到原位，如此周而复始地"永动"。

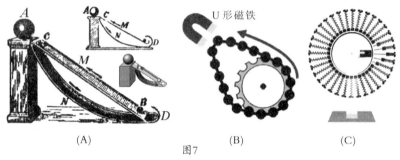

U 形磁铁

（A）　　　　　（B）　　　　　（C）

图7

英国皇家学会的创始人之一——自然哲学家、医学家约翰·威尔金斯（1614—1672）主教于 1648 年在伦敦出版的（简译名）《数学魔法》（*Mathematical Magick*）中，曾记载过这种最著名的永动机之一的装置。他还在这本书中提供了它为什么不能永动的一个解释。它的发明者有两种不尽相同的说法。一说是耶稣会牧师、意大利的约翰内斯·泰斯尼尔乌鲁斯（Jo-

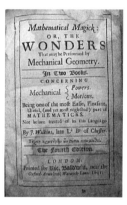

《数学魔法》

hannes Taisnierus，生卒年不详）教授在大约 1570 年发明的。另一说是荷兰音乐家、占星家、（自称发表过一些作品的）数学家让·泰斯尼尔[Jean Taisnier（或 Taisnier），1508—1562]即约翰内斯·泰斯内里乌斯（Johannes Taisnerius）发明的。这个磁力永动机，未必一眼就能看出它不会永动的原因，相信读者您，能分析出其中的破绽。

图 7（B）也是一个"磁力永动机"：左上角的 U 形永久磁铁的两个磁极，依次分别对"项链"两边的磁珠"吸"和"斥"，完成逆时

针方向的"永动"。

图7（C）是"磁力弹簧永动机"：在非磁性材料制成的小棍上，穿着一个个与弹簧相连着的小磁铁。中心的条形永久磁铁把这些小磁铁依次排斥到远处，从而使它具有更大的力矩，让整个轮子沿顺时针方向转动。随着整个轮子的转动，这些远离永久磁铁的小磁铁，会因为被压缩的弹簧的伸展，依次回到原位。如此往复，实现"永动"。

图8所示的"电力永动机"，也是"必然的发明"。它的"工作原理"与图7（B）相似，只不过只有正电荷对正电荷的"斥"。它是时任马德堡（Magdeburg）市的市长、做"马德堡半球实验"的德国物理学家格里克（1602—1686）提出来的。格里克把两个紧贴在一起的、直径

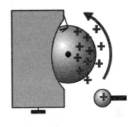

图8

30多厘米的青铜半球内的空气抽空之后，指挥两组马（每组八匹）沿相反方向企图拉开半球，结果没能拉开。这个著名的实验，再次证明了存在大气压，而且首次证明大气压的威力强大；但是，这个实验却是1654年在雷根斯堡（Regensburg）市召开帝国会议时首次做的。

阿基米德之后大约两千年，利用"水"的永动机死灰复燃，大行其道，有时还很能迷惑人。以发现物理学中的波义耳定律闻名的英国

格里克，"马德堡半球实验"

物理学家、化学家波义耳（1627—1691），"发明"了图9所示的永动机——"永恒的花瓶"（perpetual vase）。因为它底部联通的曲管处的液体压强和面积，都大于曲管上部，所以会"永动"。其实，这是一个"流体静力学悖论"（hydrostatic paradox），不会永动。

图10（A）是一个"水力永动机"。离地20米高的塔里装满水，

"箱链"上连有 14 个空箱，水不能进入边长为
1 米的正方体密封空铁箱内。这样，浸在水里
的 6 个箱子就受到约 6×10^4 牛顿的向上的浮
力。于是"箱链"就能沿箭头方向转动起来，
为我们提供巨大的、永不衰竭的能量了。它的
破绽在于，要使最下面的铁箱进入水塔，必须

图9 "永恒的花瓶"

克服 20 米高的水柱的压力。易算出这个压力约 2×10^5 牛顿！因为它大
于 6 个箱子所受到的浮力，所
以它们实际上一点也不会动。

类似利用浮力的，还有图
10（B）——英国军医生、工
程师威廉·康纳雷威（1772—
1828）爵士的"巧妙发明"。
其"工作原理"是：左侧的海绵块因为依次吸水

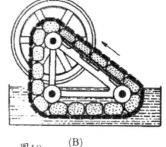

（A）　　　图10　　　（B）

而变重，迫使下方的海绵块依次右移，依次右移的
海绵块移动到斜面之后被狭窄的通道挤压出水，变
成含水更少的海绵块，并依次移动到左侧，再如此
循环而沿逆时针方向转动……

康纳雷威

图11

图 11 中的木制鼓形轮，
内部装有辐条。这台永动机的"发明"者，以
为大桶内的水对轮子上各点的浮力会使轮子沿
顺时针方向转动，从而"永动"；他也忽略了前
面图 1（B）那个永动机之所以失败的根本原
因：浮力的方向不是向上，而是始终沿半径指
向轮子的转轴处。

意大利机械设计师斯特尔在 16 世纪 70 年代设计了"水力螺旋桨
永动机"，如图 12（A）所示。类似的设计还有图 12（B）。

类似的装置还有英国著名占星家、数学家、宇宙学家罗伯特·弗洛德（1574—1637），在1618年描绘的"水力螺旋桨永动机"——图13右。

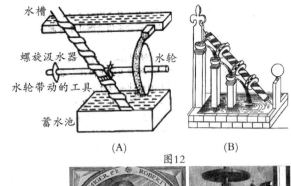

图12

以上仅仅是历史上难以计数的"永动机"中的几种。从中世纪起，发明"永动机"是一种流行的风潮，它甚至比"炼金术"更使人着迷。对此，

图13 弗洛德和他的"水力螺旋将永动机"

达·芬奇早就评论说："许多世纪以来，对于研究永动机……进行了大量实验，花了大量资金；但得到的，总是像炼金术士那样，一无所获。"他还规劝这些着迷者："永恒运动的探索者啊，在这类似的探索中，你已经创造了多少无用的思想，快放弃你的想法，去做一个追求黄金的探索者吧！"

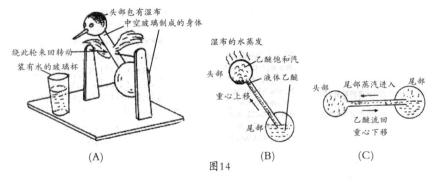

图14

图14（A）所示的"丑小鸭饮水"，是一个"蒸发永动机"——"丑小鸭"会反复不停地"喝水"、抬头。为什么？在图14（B）中，随着"丑小鸭"头部表面的水蒸发，温度会降低。此时，头部内原来的乙醚饱和气体的一部分就变成液体乙醚，使气压降低；这时尾部的

液体乙醚就被这低气压从内部的管道吸到头部，使重心上移，直到"丑小鸭"低头"喝水"。接着，如图14（C）所示，低头"喝水"时内部的管道口离开尾部的乙醚液面，使乙醚蒸气进入头部，而被吸到头部的液体乙醚则流回尾部使重心下移，"丑小鸭"又站立起来。如此往复循环。

到了16和17世纪，荷兰的两位物理学家、数学家斯蒂文（1548—1620）和惠更斯（1629—1695）等，都先后开始认识到了用力学的方法不可能制成永动机。

下面，重点介绍斯蒂文以及被称为"斯蒂文链"的很有名的一项"发明"——"三角斜面永动机"（图15）。

惠更斯

图15右所示的"斯蒂文链"，是斯蒂文在16世纪下半叶研究三角形的两个斜面（长度之比为2∶1）上力平衡规律时所

图15 斯蒂文及"斯蒂文链"

用的图。它看起来是一个永动机——三角形左边斜面上的四个球比右边斜面上的两个球更多，所以"球链"会沿逆时针方向转动而"永动"。事实上两边的球正好"平衡"，"球链"不会转动。他用这种方法巧妙地避开了使用力的平行四边形法则，发现了"斜面上力的平衡定律"——简称"斜面定律"。为此，他曾得意地说："一个奇迹，但不足为怪（Wonder en is gheen Wonder）。"

不但如此，斯蒂文还非常得意于自己的发现，把这个图用作自己的信件的封印、使用仪器的标志，以及他在 1586 年出版的巨著《平衡的原理》（*De beghinselen der weeghconst*）封面（图16）的花饰。

图16 《平衡的原理》封面

对于被认为是阿基米德到伽利略之间最伟大的力学家的斯蒂文，以及《平衡的原理》，著名的《大英百科全书》（*Encyclopædia Britannica*）介绍说：他的这个力三角形，给出了相当于力的平行四边形法则的知识，给静力学的研究提供了一个新的动力——以前的这类研究，一直基于杠杆理论；他还发现，液体的向下的压力与容器的形状无关——只依赖于液体的高度和底部的面积。

显然，事实上斯蒂文已经在《平衡的原理》中，先于帕斯卡发现了我们中学物理学所说的"帕斯卡定律"。帕斯卡发现这一定律，是重新独立发现。

彼得大帝

当众多永动机的论文、图纸雪片般地飞向法国科学院的时候，法国科学家们终于支持不住了。永动机无一例外的失败使他们终于下了决心，法国科学院在 1755 年做出决定，不再援助任何关于永动机的计划，不再审理有关永动机的论文、方案等。同时决定不再审理数学上的"古典三大难题"——用尺规作图法"化圆为方""三等分角""倍立方体"的论文。随后的 1775 年，英国皇家学会也做出了类似的决定。美国的做法则似乎委婉一点：规定专利申请书上要有永动机的模型。

此时，"永动机热"暂时冷了下来。

为什么永动机不能成功呢？当时科学家们不能回答——我们将在下一个故事中回答。

荒唐"永动机"引出科学成果
——从"定律"到"定律"

　　能的转化和守恒定理（通常简称能量守恒定律或热力学第二定律）是大自然的基本规律之一。那它是怎么得来的呢？

　　能量守恒定律是研究荒唐的永动机引出来的。

　　原来，在永动机面前屡战屡败，屡败屡战之后，迫使人们重视研究"能"的本质和各种能的相互转化和数量关系。这非常自然——永动机就是把一种能转化为另一种能，并永远不断提供能量的机器。

本杰明·汤姆森

　　"身后有余忘缩手"的"永动机热"，冷于上一个故事的巴黎科学院、英国皇家学会"停审"之后。大多数人终于"眼前无路想回头"——开始了冷静的思考。

　　仅仅过了 20 多年，出生在美国的本杰明·汤姆森（1753—1814）——他更广为人知的名字是 1791 年在德国受封的伦福德伯爵（Count Rumford），在 1798 年就发现，钻削金属时产生的热能使水沸腾。这把"'热质'和'燃素'一起埋在同一个坟墓中"的实验，显然已经将热能与机械能的转化联系在了一起。

　　第二年，英国化学家戴维（1778—1829）也发现，在真空中用钟表机件带动两块冰互相摩擦可以使

戴维　　　　伏特

冰融化为水。汤姆森还由实验第一次提出了粗略的热功当量。

接着在 1800 年，意大利物理学家伏特（1745—1827）发明了电池。以后，人们又发现了电流的热、磁效应和其他电磁现象。这样，研究电、磁、热三种能之间的关系也开始了。此外，生物界也证明了动物维持体温和进行机械活动的能量与它摄取食物的化学能有关。这样，到了 19 世纪上半叶，人们已经初步认识到力、热、光、电、磁、化学能等各种能之间的转化和关联。

同时，这一时期小手工业向机械大工业过渡，各种动力设备的研究利用，促使人们从制造永动机不切合实际的幻想中摆脱出来，转而脚踏实地研究机器做功的能量来源和转换。

这样，由于永动机失败引出的教训，由于生产的实际需求对各种能的研究得到的成果，就奏响了发现能量守恒定律的序曲。接着就是 19 世纪上半叶能量守恒定律的创立和 19 世纪中叶到下半叶得到公认。

卡诺　　　　迈尔

创立能量守恒定律或对此做出重大贡献的有许多科学家。其中有法国物理学家卡诺（1796—1832），德国物理学家迈尔（1814—1878），英国物理学家、"永动机迷"焦耳（1818—1889）和德国物理学家亥姆霍茨（1821—1894）等。

这是一件使人"哭笑不得"的趣事：荒唐的永动机好似"母亲"——她生下"儿子"能量守恒定律后，"儿子"就将"母亲"判处了"死刑"。

即使能量守恒定律宣判了永动机的"死刑"，但骗子也没有销声匿迹，"善良而愚蠢"的人们也没有停止执着的努力。于是永动机又沉渣泛起。

1861 年，英国工程师德尔克斯收集了大量资料，写成一本名为《17、18 世纪的永动机》的书，告诫人们切勿妄想从永恒运动的赐予

焦耳　　　　　亥姆霍茨

中获取名声和好运。可是，德尔克斯这部"警世恒言"却未能阻止永动机的继续泛滥。

例如，一名意大利人还获得了一种永动机的欧洲专利，专利号为77306：一个"自发电"的装置。这也是通过欺骗专利局得来的。

又如，在19世纪下半叶，美国就有一个叫约翰·维勒尔·基利的人，声称发明了"永动机"。"聪明"的他说，他没有凭空造出能量来，而是用水的"共振"来使水重新组合并得到用之不尽的能量。他的花言巧语使10多个工程师和资本家筹集了1万美元，成立了"基利永动公司"。他用这些钱买了一些零件、阀门、仪表，再将它们组成一部看上去很精巧的机器。1874年，基利在费城表演"永动机"取得"成功"。一个出席者说："仪表指示出每平方英寸5万磅（约合3.4×10^8帕）的压力，粗绳被拉断，铁棒被压弯，打出的子弹穿透12英寸厚的钢板。"基利也乘机夸下海口："给我一夸脱（约1升）的水，我可以使一列火车从费城开到纽约。"由于这次表演的"成功"，资本家们纷纷慷慨解囊，投入大量资金，等待商业性的"永动机"研制"成功"而赚大钱。这种等待持续了20年，人们仍看不到这种"成功"。1898年，基利死了，这时秘密全露："永动机"的地板下藏有高压气箱，用高压气使"永动机"运转。

…………

当这些永动机的申请再次像潮水般涌入美国专利局的时候，他们也撑不住了——终于在1918年决定拒绝再审理任何永动机的申请。

不过，执着的追求者并没有因为"拒绝"和无一例外的失败而止步。直到20世纪70—80年代，他们的"斗志"仍未稍减。不过，这时已"改头换面，巧妙伪装"，例如以改进了的发电机的名义进行专利申请。其"高明"的手法甚至骗过了专利局和科学杂志。以下就是几例。

1976年，美国专利局批准了一个"液体发电机"的专利申请，专利号为3934964。

1980年，美国《科学》杂志曾报道说，有一个叫巴克的"发明家"制造了一台发电装置，每月可发电3 000千瓦时。其原理是，将一个水槽放满水后放在高处，用下落的水驱动一个水轮发电机发电，发出的电又带动水泵将水重新送回水槽。

1983年11月，中国有一家刊物刊登了一条"科技新闻"："美籍华裔科学家林安东，经过九年时间的研究，发明了一种新能源，叫作'电磁动力能'。此项发明是利用电磁排斥移动的原理，使它产生能。两粒1立方厘米800'高斯'相对的南北永久磁石，可产生约等于1/16马力的动力。"其他报纸和期刊也有类似的报道，并声称"这是世界能源的一场大革命"。不到两年，该刊物就在1985年7月用清华大学教授王克冲的文章对上述发明做了否定。

后来，中国一个姓梁的博士，声称发明了"地球引力能"，用它可驱动汽车——估计产生1 265亿美元的经济效益，但至今也没有"下回分解"。

2014年4月，还有81岁辽宁老汉包启自称发明永动机，取得永动机实用新型专利发明证书的报道，但依然"处于图纸阶段"。

…………

在"此路不通"的时候，有人又想出了不违反能量守恒定律的"第二类永动机"——前述永动机被称为"第一类永动机"（无中生有产生能量的永动机）。

那什么是热力学第二定律呢？它有下面的两种表述。1851年，英国物理学家威廉·汤姆森（1824—1907）即开尔文勋爵（Lord Kelvin）说：从单一热源吸取热量，把它完全转变成功而不引起其他变化是不可能的。

1850 年，德国物理学家克劳修斯（1822—1888）说：在低温热源吸取热量，把它全部放入高温热源而不引起其他变化，是不可能的。

开尔文　　克劳修斯

第二类永动机"不放出任何热量给空气或海洋"；而热力学第二定律却说不引起其他变化是不可能的，这就说明违反热力学第二定律的第二类永动机也是不可能的。

此外，还有"第三类永动机"——没有任何摩擦力的永动机。当然，由于不可能"没有任何摩擦力"，所以第三类永动机也依然是水月镜花。

最后，还有"第四类永动机"——不违反能量守恒定律、热力学第二定律，却能自发熵减的永动纳米材料（有序分离最小单位小于或等于纳米级别的其他材料——例如还处于争议中的无偏二极管）的永动机。据《光明日报》2000 年 3 月 29 日的《不需光照能发电的二极管的制成》一文报道，中国科学院生物物理研究所物理实验室的徐业林研究员经过 36 年艰苦探索，研制成功一种能从周围环境中不断吸取能量发出电能的新型半导体器件——无偏二极管。"它发电时不需光照，也不需温差，即便将它放入一个密封的金属盒中，电流电压也不会受任何影响""它不污染环境，从取之不尽的环境中获取能量，不需加油，不需充电，是一种新型的理想能源"。然而，迄今 18 年过去了，这种"新型的理想能源"，怎么还没有投入商业化生产而得到推广呢？

上面，我们提到一个不太常见的词——熵。什么是熵呢？

熵是用来度量物质体系内部质点无序程度（可理解为混乱程度）的物理量。一个物质体系的熵增加了，就表明体系的无序程度（或混乱程度）增大了。以下是举例说明。

有一个密封的箱子，被一个可以开关的薄膜一分为二。薄膜的两边都是温度和压力相同的气体。显然，这个箱子是一个体系，目前处于最大的熵的热力平衡状态，没有任何可以做功的有用能量。在这个系统中，除了气体分子们永无休止地"狂歌劲舞"——这在科学上称为"随机跳跃"，没有其他"亮点"。上述"目前处于最大的熵"，就说明"最混乱"。反之，熵减少了，就表明混乱程度减小了。

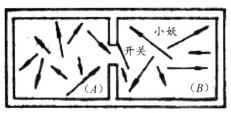

"麦氏妖"控制开关让快分子从(A)跑到(B)，让慢分子从(B)跑到(A)

熵这个物理量，是德国物理学家克劳修斯首先在 1854 年找到的。1865 年，他在论文《热的动力理论的基本方程的几种方便形式》中，正式定名为熵——用物质体系的热能除以热力学温度，就得到体系的熵。

然而，我们假设在上述箱子里有一个小妖怪——"麦克斯韦妖"（简称"麦氏妖"），能够操纵薄膜处的开关，它注意到各个分子的运动混沌无序，有各种各样的速度和方向，所以，我们用决定气体温度的要素——分子的平均速度来研究这些分子。虽然分子的平均速度不会改变，但是每个分子每次撞上邻近的分子或箱壁的时候，它的运动速度和方向都会改变。

于是，"麦氏妖"就采取了下面的策略。当箱子左边（A）的快速运动的分子接近薄膜时，它就打开开关，让这些分子穿过薄膜进入箱子的右边（B）。反之，当（B）中慢速运动的分子接近薄膜时，就让这些分子穿过薄膜进入（A）。过了一段时间以后，（A）中全是平均速度较小的分子，而（B）中全是平均速度较大的分子。这样，（B）的温度就比（A）高。这个"麦氏妖"就这样机灵地操纵分子，在箱子的两个部分之间制造出温差。这时，热力学平衡将不再占上风，于是熵也减小了。

现在，可以用这温差来做有用功——例如开动热机，直到最后的能量又重被消耗掉，热力学平衡又得到恢复。然后，这个"麦氏妖"又故伎重施，我们也就有初具规模的永动机了。

麦克斯韦

我们知道，按照热力学定律，永动机是造不出来的，但神通广大的"麦氏妖"却造出来了。这就出现了著名的"麦克斯韦妖悖论"。它是由英国物理学家麦克斯韦（1831—1879）首先提出来的。

那么，"麦氏妖"真的能开动永动机吗？麦克斯韦妖悖论能克服吗？

"可惜"的是，精心的研究证明，"麦氏妖"干不了开动永动机的活儿。

西拉德

与爱因斯坦、出生在匈牙利的美国物理学家威格纳（1902—1995）一起，联名写信给美国总统（1933—1945 在任）富兰克林·德拉诺·罗斯福（1882—1945）的美国物理学家——也是出生在匈牙利的列奥·西拉德（1898—1964），在 1927 年写的论文（1929 年发表）详细地研究了"麦氏妖"的工作情况。他发现，如果"麦氏妖"想把事儿干成，就必须有确切的信息——知道靠近它的分子的运动速度有多大。显然，只有付出一定的代价才能获得这样的信息，而付出的代价就是熵的增加。例如，"麦氏妖"可以用强光来照亮向它靠近的分子，并用多普勒效应来测量它的速度——就像当今警察用多普勒测速雷达给汽车测速一样。"麦氏妖"在干这些事的时候，所花费的有用的能量，本来是要分选速度不同的气体分子以使熵降低的，而实际上却会使气体的熵增高。

由此看来，控制在分子水平上的"麦氏妖"的智能，还不能"击败"热力学定律。"麦氏妖"也就"有疾而终"。

总之，不管如何巧施千般计、万种策，永动机也"永不动"。

从永动机的研究史和永动机的失败中，我们可以得到许多有益的启示。

首先，促进我们多积累科技知识，研究科学发现与技术发明的可能性和不可能性，按客观规律办事，避免在科学实践中多走弯路。

其次，"傻瓜面前常有骗子"。如果稍有一点自然科学知识或科学意识，就绝不会相信那些"神奇液体"与水勾兑后代替燃油——成本仅为普通燃油的 1/1 000；也不会相信 2007 年 9 月 16 日英国《每日邮报》报道（《重庆晚报》在 17 日的第 13 版转载）的"热能箱"——它能把输入的一份电能变成两倍热能。这时，我们想起了世界反兴奋剂委员会首任主席（1999—2008 在任）——加拿大运动员、体育运动管理者理查德·威廉·邓肯·（迪克）·庞德（1942—   ）的名言："如果什么事物看起来美好得简直难以置信，那它多半是不真实的。"他是在美国著名短跑女运动员马里昂·洛伊斯·琼斯（1975—   ）服用兴奋剂于 2000 年得到 5 枚"奥运会"奖牌，但 2007 年 10 月初被绳之以法后说这番话的。

最后，虽然"永动机"浪费了许多人的毕生精力和很大的财力、物力，但有趣的是，这不是完全无益——除了发现本故事标题中的第一个"定律"，还发现了本故事标题中的第二个"定律"——前述斯蒂文的"一个奇迹，但不足为怪"的"斜面定律"。

这种由于人们的某个失误而导致另一成果诞生的现象，在科学史上并不鲜见。自然界也充满辩证法，我们不必为自己有时是难以避免的失误耿耿于怀。

能量守恒定律已被公认为真理，然而真理是相对的且并非一成不变的。一些人认为，它是由大量实验得出的规律，而有限个实验不能确立一个真理，因为还没有经过严格的逻辑证明；特别是在微观领域，还需要更多的实验证实。虽然至今人们尚未发现这一定律不成立或被修改的任何迹象，但如果有朝一日它被拓展、修改甚至被推翻，我们丝毫也不应感到意外。这正如英国诗人雪莱（1792—1822）所说："除了变，一切都不能长久。"

帕斯卡和瑞利
——"少年物理学家"

法国数学家、物理学家帕斯卡（1623—1662）从小就喜欢探本求源。小的时候，有一次在厨房外面玩耍，听到厨房里做菜的大师傅把盘子弄得叮叮当当响。这平常的声音使小帕斯卡着了迷，因为他想到了这样一个问题：如果是敲打发声的话，为什么刀离开盘子后，声音不会立即消失呢？

想啊想，他立即就做起实验来。他发现盘子被敲击后，声音连绵不断，但只要用手一按盘子边，声音就立即停止，啊！手指碰到发声的盘子边上，还有点发麻呢！"哈！我知道了！"小帕斯卡高兴地叫起来，发声最要紧的是振动，而不是敲打，打击停止了，只要振动不停止，还能继续发出声音来。

这样，帕斯卡11岁就发现了声学的振动原理，并开始了进一步的科学探索。

盘子叮叮当当的声音响了一天又一天，一年又一年，谁都认为，餐刀碰到盘子总是要响的，没有谁会去刨根究底。可小小的帕斯卡却硬要问为什么，还要自己去钻研，找出问题的答案，于是他能够在16岁就发表数学论文，22岁研制出世界上第一台机械计算机……

这种从小爱动脑筋的"少年物理学家"，不止帕斯卡一个。

独享1904年诺贝尔物理学奖的瑞利（1842—1919）是英国物理学家、声学家，封为爵士（瑞利第三男爵）之前名叫约翰·威廉·斯特利特（John William Strutt）。在他小时候的一天，家里来了几位客人。

瑞利的母亲伊芙琳·贝尔福（Evelyn Balfour），是一位文雅、好客、要强的人。每次客人来到时，她都要亲自烧菜、沏茶，很讲究地把小茶碗放在精致的小碟上，亲自端到客人跟前。但她毕竟上了年纪，端碟子的手常常不由自主地颤抖，这时光滑的茶碗就在

瑞利

碟子上轻轻移动，难免要洒出一点茶来。这时她就会说："人老了，手脚不中用了。"为了避免又把茶弄洒，再次上茶时，她就格外小心地用双手捧碟子。可碟子好像有意与她闹别扭似的，反而更倾斜了，茶碗一滑，洒出的热茶差点烫着手。这时她就又会难为情地说："人老了，手脚不灵了。"

这时，年轻的瑞利却始终愣坐在一边，虽然眼睛直勾勾地望着茶碗和茶碟，但一点也没有想到要帮助母亲端茶招待客人。是他不懂礼貌吗？不是。是他不孝顺母亲吗？也不是。原来，他的注意力完全被眼前碗碟的"反常"现象吸引住了。

那碗碟又有什么"反常"现象呢？瑞利注意到，母亲每次端茶开始时，茶碗很容易在碟子里滑动。可是，当洒了一点热茶在碟子里之后，尽管母亲的手摇晃得更厉害，碟子倾斜得更明显，但茶碗却像粘在茶碟上一样，一动也不动了。

这是怎么回事呢？瑞利开始了他的研究。他用茶碗、茶碟、玻璃瓶、玻璃板做实验；在它们之间洒水和不洒水做实验，在它们之间洒水和洒油做实验……

经过不断实验、分析，瑞利终于对茶碗、茶碟之间的"反常"现象做出了正确的解释：茶碗、茶碟看上去很干净，但实际上表面总会沾有手和抹布上的油。这样，它们之间的摩擦力会很小，因此容易滑动。当洒上热茶后，油被热茶溶解和冲走了，它们之间也就有较大的摩擦力而不容易滑动了。

在此基础上，瑞利又继续研究，得出油对固体之间的摩擦力影响

很大的结论，并指出可用油润滑固体表面来减少摩擦。人们根据瑞利的发现和发明，把润滑油或润滑脂用到生产、生活和科研之中。

像帕斯卡和瑞利这样从小有科学"爱好"的还大有人在。法国大数学家泊松（1781—1840）是又一个。他在研究数学的同时，还花了不少时间研究摆动。这个兴趣，来源于他的幼年——为防止孩童时代的他到处乱爬，常被保姆用皮带拦腰挂起来，于是他就总是琢磨如何摆动起来玩耍。

泊松

人生的机会是相等的，美国著名作家马克·吐温（1835—1910）说："每个人一生中，幸运女神都来敲过门，可是许多人都没有听到她的敲门声。"也许，这就是许多人一生都没有做出重大发明发现的一个重要原因吧！

天人共助"爱公"
——广义相对论的幸运

对爱因斯坦（1879—1955）和他的广义相对论，人们并不陌生，但是，在建立这一理论的过程中，他遇到哪些困难，又产生哪些失误，而"老天"和他的亲友又如何帮助了他，最终才幸运地使之呱呱坠地，这就鲜为人知了。

经过面壁十年之后的"1905奇迹年"，爱因斯坦连续写成6篇划时代的论文。其中《论动体的电动力学》，于9月28日发表在德国的《物理年鉴》（*Annalen der Physik*）上，它标志着狭义相对论正式诞生。

建立狭义相对论之后，爱因斯坦又开始着手建立广义相对论。从1907年他发表《关于相对论原理和由此得出的结论》开始，又经过近十年面壁，终于1915年11月完成了广义相对论。1916年3月20日，他在《物理年鉴》上以单行本形式发表的长达50页的论文《广义相对论基础》，标志着这一理论正式公开诞生。

在建立广义相对论的过程中，爱因斯坦主要遇到数学基础很差的

> **8. Zur Elektrodynamik bewegter Körper;**
> **von A. Einstein.**
>
> Daß die Elektrodynamik Maxwells — wie dieselbe gegenwärtig aufgefaßt zu werden pflegt — in ihrer Anwendung auf bewegte Körper zu Asymmetrien führt, welche den Phänomenen nicht anzuhaften scheinen, ist bekannt. Man denke z. B. an die elektrodynamische Wechselwirkung zwischen einem Magneten und einem Leiter. Das beobachtbare Phänomen hängt hier nur ab von der Relativbewegung von Leiter und Magnet, während nach der üblichen Auffassung die beiden Fälle, daß der eine oder der andere dieser Körper der bewegte sei, streng voneinander zu trennen sind. Bewegt sich nämlich der Magnet und ruht der Leiter, so entsteht in der Umgebung des Magneten ein elektrisches Feld von gewissem Energiewerte, welches an den Orten, wo sich Teile des Leiters befinden, einen Strom erzeugt. Ruht aber der Magnet und bewegt sich der Leiter, so entsteht in der Umgebung des Magneten kein elektrisches Feld, dagegen im Leiter eine elektromotorische Kraft, welcher an sich keine Energie entspricht, die aber — Gleichheit der Relativbewegung bei den beiden ins Auge gefaßten Fällen vorausgesetzt — zu elektrischen Strömen von derselben Größe und demselben Verlaufe Veranlassung gibt, wie im ersten Falle die elektrischen Kräfte.
> Beispiele ähnlicher Art, sowie die mißlungenen Versuche, eine Bewegung der Erde relativ zum „Lichtmedium" zu konstatieren, führen zu der Vermutung, daß dem Begriffe der absoluten Ruhe nicht nur in der Mechanik, sondern auch in der Elektrodynamik keine Eigenschaften der Erscheinungen entsprechen, sondern daß vielmehr für alle Koordinatensysteme, für welche die mechanischen Gleichungen gelten, auch die gleichen elektrodynamischen und optischen Gesetze gelten, wie dies für die Größen erster Ordnung bereits erwiesen ist. Wir wollen diese Vermutung (deren Inhalt im folgenden „Prinzip der Relativität" genannt werden wird) zur Voraussetzung erheben und außerdem die mit ihm nur scheinbar unverträgliche

《论动体的电动力学》首页

困难，而建立这一理论必须克服这一困难。

爱因斯坦的数学较差，与他对数学的重要性认识不足而失去学习兴趣有关。他在自传中说："在我求学时对数学并不太感兴趣，因为我天真地认为，对于一个物理学家来说，掌握好基本数学概念就够了。我认为数学中其余部分对于认识自然是并不重要的奢侈品。这个错误后来我只好痛心地承认了。""数学界的莫扎特"闵科夫斯基（1864—1909），是出生在立陶宛阿列克索达的德国数学家，也是爱因斯坦在大学时的老师。他和其他老师一样，对爱独立思考、对数学不感兴趣的爱因斯坦并不喜欢，曾骂他是"懒狗"。可见爱因斯坦的确不可能有更多的数学知识。

爱因斯坦因"数学懒惰"终于自食其果。在1998年6月，总部位于伦敦的佳士得（Christies，旧译克里斯蒂）拍卖行纽约分行，以惊人的高价拍卖了一批科学珍本，其中就有1905年上述爱因斯坦发表的那些论文。这些论文表明，他在计算时粗心的毛病不

闵科夫斯基

断，计算分子大小时运用的数学一塌糊涂，数字经常出错。此外，他还使用错误的实验数据，漏掉修正系数。一位著名的实验家曾公开指出，爱因斯坦的计算结果与他建立的相对论直接冲突。

爱因斯坦并没有认识到自己的错误，而是把矛头指向实验。他认为，实验的结果并不妨碍他的理论的正确性，于是，他犯了一次更大错误。

这次更大的错误，发生在他1911年发表的论文《引力对光传播的影响》中。他在论文中没有考虑到太阳及其附近空间的几何形变，误算出恒星的光线经过太阳的时候，由于太阳引力作用产生弯曲导致的偏转角 Δ 为 $0.83''$，并指出可以在日全食时观测到。这一现象和他预言的水星轨道在近日点的摄动和相对论频移效应这三个效应，是检验广义相对论是否正确的部分实验依据。

于是，科学家们翘首以待——"让事实来说话"。1912 年，一次日食终于来到，但是，这次日食却没能观测到。原因是下雨天气不好——"天"帮了"爱公"的忙，没能测到与上述 0.83″相差甚多的正确数据。

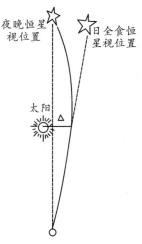

光线经过太阳会弯曲

人们再次等待下一次日食。1914 年，又一次日食来到。7 月，德国天文学家弗罗因德利希（1885—1964）带领一个队伍，到俄国南部的克里木半岛，观察这次将在 8 月 21 日发生的日全食。可是，8 月 1 日，第一次世界大战爆发，这个工作队全部成了俄国的俘虏，战后双方通过交换战俘，才返回柏林。人们又失去了一次机会，这一次机会是——"战争"帮了"爱公"的忙，使他错误的 0.83″再次逃脱被证谬的厄运。

可是，爱因斯坦还一点没有意识到他的幸运，而是写信给他的好友、原子物理学和量子物理学的开山鼻祖之一（例如著名的精细结构常量就是他最先准确测出来的）——德国理论物理学家阿诺德·约翰内斯·威廉·索末菲（1868—1951），不耐烦地说："就是那些居心叵测的人的阴谋阻止了这次对广义相对论进行的最后的、重新的、重要的验证机会。"

索末菲人生中的一个"悲催"是，他曾被 84 次提名获诺贝尔奖，但终未如愿。这个次数，是截至 2019 年 4 月被提名的最高纪录——超过了他的同行奥托·斯特恩（1888—1969）。

索末菲　　　　斯特恩

斯特恩是一位出生在德国（出生地索劳——Sohrau，即今天波兰的佐里——Zory）的美国物理学家，在 1925—1945 年间历经各奖项的 82 次提名，终于独享 1943 诺贝尔物理学奖。

在"天"和"人"的两次帮助之后的 1915 年——爱因斯坦做出 0.83″的错误计算之后 4 年，他终于从当时只考虑到等价原理中跳脱出来，应用完整的广义相对论原理，考虑了太阳引力的作用和太阳质量导致的空间几何变形，终于算得偏转角不是 0.83″，而是 1.75″。这个数值最早发表在 1915 年的《普鲁士科学院会议报告》中。

1919 年，人们等到了又一次日食。英国天文学家爱丁顿（1882—1944）率领一个观测队到西非几内亚湾普林西比（Principe）岛观测，这个观测队是英国皇家学会派出的。另一个观测队则由英国皇家天文学会派出，由克鲁梅林（1865—1939）率队到巴西索布腊尔镇（Sobral）观测。两地观测位于金牛座的太阳的结果，在 1919 年 11 月 6 日同时公布：在 1919 年 5 月 29 日的日全食中，前后两个不同的队伍在不同地点观测到的偏转角分别为 1.61″±0.30″和 1.98″±0.12″。这些数值与爱因斯坦的值非常接近，从而证实了爱因斯坦的预言，在全世界曾引起极大的轰动。

不但如此，还有更精密的验证。1922 年 9 月 21 日，美国利克天文台（Lick Observatory）台长（1901—1930 在任）、美国天文学家威

坎贝尔　　　特鲁普勒　　　克罗克

廉·华莱士·坎贝尔（1862—1938）和出生在瑞士的美国谈文学家罗伯特·朱利叶斯·特鲁普勒（1866—1956），随美国的克罗克银行总裁——商人、慈善家威廉·亨利·克罗克（1861—1937）带领的远征队到了澳大利亚西海岸的沃拉尔（Wallal）圣诞（Christmas）岛。通过对当天这里的日全食的观测，坎贝尔得到的偏转角为 1.72″——更接近 1.75″。

也因为这次观测，擅长光谱学研究的坎贝尔名声大震，加上他的其他天文学成就，月球的一个陨石坑、火星上的一个火山口、一个小

行星，都分别用他的名字命名。

....

就这样，广义相对论幸运地得到许多人的承认。

月球上的坎贝尔陨石坑

事后人们分析，要是 1912 年或 1914 年观测日全食成功，那么，得到的数据将与爱因斯坦错误算出的 0.83″相差一倍。这时，人们就会对本来就异常玄乎的广义相对论付之一笑。这样，很难说爱因斯坦是否能顶住人们的冷笑而继续面壁破壁，创立出广义相对论来。

人助"爱公"还不仅是上述"战争"。他的妻子和他的老师、同学都助过他一臂之力。

生于南斯拉夫伊伏丁那省的数学家米列娃·玛丽丝（1875—1948），是在瑞士苏黎世理工学院学习时认识比她小 4 岁的爱因斯坦的。1903 年1 月 6 日，他俩在瑞士伯尔尼举办了正式的婚礼，

米列娃·玛丽丝

1919 年 2 月正式离婚。人们认为，狭义和广义相对论的某些数学上的难题，是玛丽丝帮助解决的。据 1963 年出版的《爱因斯坦：人的形象》一书的作者彼得·米歇尔·莫尔认为，按照爱因斯坦和玛丽丝的大儿子汉斯·阿尔伯特·爱因斯坦（1904—1973）的说法，相对论确实源于爱因斯坦的大脑，但玛丽丝帮助他解决了数学上的某些难题，

爱因斯坦和米列娃·玛丽丝

因此即使他们离婚了，爱因斯坦还是从他 1921 年所获的物理学奖金中抽出一大笔给玛丽丝——虽然这个奖并不是奖给相对论，而是奖给他对光电效应的研究的。1943 年，为了资助反法西斯战争，有人要求拍卖他的相对

论底稿时，他的回答大跌眼镜——说在该文发表后，他已将原始底稿"处理掉了"，这就使人怀疑其中有玛丽丝的工作在底稿之中。不过，他最终还是重抄了长达30页的《论动体的电动力学》，于1944年在美国堪萨斯城以600万美元拍卖——现存于美国华盛顿国会图书馆。

"人"助"爱公"还不只是玛丽丝。广义相对论应用的数学工具有荷兰物理学家、数学家洛仑兹（1853—1928）提出的洛仑兹变换；闵科夫斯基于1860年在《数的几何》中引入的闵科夫斯基空间和于1907年在《空间和时间》中引入的数学时空观；意大利数学家里奇（1853—1925）和他的学生莱维－齐维他（1873—1941）创立的张量分析和绝对微分几何。当1912年爱因斯坦在创立广义相对论的过程中，遇到了数学上的困难时，他的一位也就读于苏黎世理工学院的同学——瑞士数学家格罗斯曼（1878—1936）向他介绍了上述成果。在爱因斯坦逃数学课时，此人还为他做过笔记。1913年，两人合作了《广义相对论和引力理论纲要》——物理和数学部分，分别由爱因斯坦和格罗斯曼执笔。这一工作，为广义相对论的建立扫清了道路。

由上可见，爱因斯坦的确是幸运的，难怪英国《英期日电讯报》于1998年6月28日在《爱因斯坦乘法不灵》中写道："这一切都表明，就算是天才，有时也要靠一点运气。"罗伯特·马修斯的这篇文章，译载于《参考消息》1998年7月28日第6版上。

广义相对论因有越来越多的实验证实而更加令人信服，然而"不幸的是，这些效应都微小得难以观察，以至于直到现在，也没有不含糊的实验验证"。这是美籍意大利物理学家、1959年诺贝尔物理学奖得主之一塞格雷（1905—1989）在《从X射线到夸克》中说的。此外，我们可以用一个实验否定某个理论，却不能用有限个实验证明一个理论。虽然至今已有不少的实验验证了广义相对论的正确性，

爱因斯坦

但这只占相对论预言的一小部分；因此，广义相对论是否正确，我们必须采取非常谨慎的态度。有的科学家至今对广义相对论仍持怀疑甚至否定的态度。例如，在 1985 年，一位叫西尔的太阳物理学家就说，广义相对论的计算有一个错误，所以有 95% 的把握证明它是错的。

在广义相对论中，爱因斯坦的"时空弯曲"有三个预言。第一个是，空间弯曲会使光线在行进路上偏转，已经如前所说在 1919 年得到验证。第二个是，时间在强引力场中会变慢，也在 1976 年被验证。第三个是，旋转物体在它的周围空间会产生"惯性系拖曳"的空间扭曲效应。该效应因极其微弱，至今没有得到验证——在 2004 年 4 月 20 日，美国宇航局还发射了"引力探测 B"号卫星，企图收集数据来验证它。

从"三音石"到"音乐墙"
——离奇有趣的回音

如果站在一块白石上击一下掌，就可以连续听到"啪、啪、啪"的三响。你相信吗？

还真有这样的地方。在北京天坛，有一个叫皇穹宇的圆形建筑物——封建皇帝祭祀天地之处。从皇穹宇的台阶到围墙的大门，有一条白石铺的路，从台阶数起第三块

天坛皇穹宇回音壁

石头就是"三音石"——站在这里击一次掌，就会连续听到三次回声。

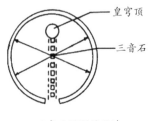

三音石周围的围墙
反射声音示意

在天坛，还有一个叫回音壁的建筑物。面向墙壁说话，即使离开 45 米远也能听到，靠墙越近，听得越清楚。而在平时，低声耳语，离开几米就听不见了。天坛回音壁是指围着皇穹宇和东西配殿的高大的圆形围墙。围墙周长约 193.2 米，直径约 61.5 米，高 3.72 米，厚 0.9 米。如果两个人分别站在院内东西配殿后的墙下，都是面部朝北对墙低声说话，可像打电话一样互相对话，极其奇妙有趣。

其实，三音石的三次回声也好，回音壁的回音也罢，这都是由声音反射形成的物理现象，而不是一些迷信所说的"帝王显灵"。

那么，这些回声是怎么形成的呢？

站在位于以围墙为圆周的圆心处的三音石上鼓掌时，声音传到围墙的各个部位，经过反射，都要再经过圆心，然后继续沿直径方向传播，直至碰到对面的围墙，再沿直径反射回来。由于围墙很光滑，所以仔细听可听到更多次的回声，只不过回声会越来越弱而已。所以，前面说的"三次"，应理解为"多次"。这个次数和掌声的大小、聆听人的耳朵是否灵敏、环境是否安静等因素有关。围墙的直径约 61.5 米，声音在半径长度上往返一次约 0.2 秒。如果掌声较响，则在 1 秒内可听到 5 次回声。

回音壁则是声音沿围墙多次反射并沿围墙传播的结果，而不是在回音壁内沿空间直线传播的。利用声和光传播的相似性，很容易用下面的实验来验证。

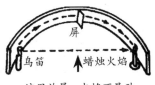

这里放屏，火焰不晃动

做一个半圆形的"回音壁模型"，在模型的一端放一支鸟笛，另一相对处放一支燃着的蜡烛。笛声能使蜡烛火焰晃动。为了"看清"声音（这里是光）是怎样传播的，只要在声音（这里是光）传播的路上竖一块屏。你会发现，将屏放在回音壁模型内靠墙的任何一处，火焰就不晃动了；而如果把屏放在笛与火焰的连线上，则火焰照样晃动。

瑞利

沿物体表面传播的声波，称为"声表面波"。由于它是英国物理学家、声学家瑞利（1842—1919）首先在 1885 年研究出规律的，所以又称为"瑞利（表面）波"。

其实，你可以就近体验回音壁。在圆形拱桥下，紧挨桥墩站着拍一次手，就可听到多次回声。

当然，要听到回声的另一个条件是能分辨回声和非回声，即必须在声源发声消失后才有可能听到回声，否则无法分辨。

中国还有许多回音建筑。最著名的有四处，即所谓"四大回音建筑"。除了"北京天坛壁：一呼，壁即回声"，还有"山西蒲州的普救寺塔：以石投塔前，则声在塔之后""河南的蛤蟆塔：掌拍，塔则发出咯、咯、咯的蛙声""四川潼南县大佛寺的石琴：当游人从大像阁的右侧拾级而上，步履触处，就有咚咚声响应，犹如古筝悠扬，声音清越"。

国外的回音建筑也很多。在意大利的西西里岛，著名的内部呈椭球体的吉尔真提大教堂就是其一。如果在教堂内呈椭球体空间的一个焦点上发出声音，在另一个焦点上就会听到和原来几乎一样响的声音。

吉尔真提大教堂落成后，其中的一个焦点被无意地选择为放置忏悔椅的地方。一个人偶然发现，在另一个焦点能听到忏悔人对牧师所做的忏悔，并以此作为一种乐趣。他甚至还邀请他的朋友一起去偷听。恰好有一天是他妻子来做忏悔，他和他的朋友们偷听到什么呢？这里正好用得上一句古谚："靠在墙边偷听的人，只能听到自己的丑行。"

无独有偶。在古代西西里岛的赛厄勒丘斯，有一个暴君兴建了一所监狱。这所监狱的狱室呈钟形，地下还有一些弯曲的管道通到皇宫。暴君只要把耳朵凑近这些管道，就能听到犯人的谈话甚至耳语。后人称这样的窃听系统为"代厄尼西斯之耳"。代厄尼西斯是古希腊神话中宙斯的儿子，被称为狂噪之神，所以代厄尼西斯之耳又叫"狂噪之神的耳朵"。

关于代厄尼西斯之耳，还有另一个版本。在当时属于古希腊的西西里岛上，统治者开凿了一个岩洞作监狱。狱中关押的犯人几次在石桌前悄声商量越狱，但计划都被看守识破了。他们百思不解，还以为是内部出了叛徒。原来，是一个叫代厄尼西斯的官员专门设计了这个椭球形的岩洞，并特地把石桌设置在椭球的一个焦点处，以便看守随时能听到犯人们的谈话。

在法国马赛的卡斯特拉纳地铁车站，当旅客走近一堵奇特的绿墙时，会突然听到有节奏的现代音乐在走廊里回响。于是，好奇心会驱使旅客停下来沿墙往回走，一遍、两遍地重复往返。他们挥动臂膀，向空中跳跃，每个动作都会产生一个新的乐调。来去匆匆的马赛人，在经过地铁的时候总会兴致勃勃地花一点时间，玩一下这个被发明者称作"互相作用的空间音乐器"。

这堵"音乐墙"，由自称"雕塑空间的音乐家"的29岁法国作曲家雅克·塞拉诺发明。他认为取这个名字能更好地表达他的本意——通过运动和空间来产生音响。在他看来，这音乐墙不属于传统音乐的范畴。古典乐器要通过长时间的练习，并要有一定的技术才能掌握。有了互相作用的空间音乐，乐器演奏者和作曲者在音乐方面的关系就大不一样了。行人是音乐墙的演奏者，又是欣赏音乐作品的听众。尽管他们是音响的主人，却不能控制音乐的内容。他们的地位介于乐队指挥和乐器演奏者之间。塞拉诺认为自己并不是作曲家，而是音乐编演者，所以他说："使我感兴趣的，与其说是音乐，倒还不如说是音乐与音乐墙系统之间的关系。"

当塞拉诺的音乐墙在马赛地铁亮相的时候，法国著名舞蹈家和编舞家、马赛芭蕾舞团主任罗兰·珀蒂（1924—2011），就想请一位舞蹈明星来墙前跳舞。自那以后，塞拉诺就力求把音乐墙变为一个表演场所，让舞蹈家在音乐墙前展现舞姿。舞蹈演员的动作产生音乐，而音乐又反过来为舞蹈伴奏。舞蹈家一方面是音乐的主演者，另一方面又在根据音乐的节奏翩翩起舞——于是音乐和舞蹈水乳交融。塞拉诺甚至想用摄像机来代替音乐墙中的光学元件，并与电子计算机和综合器相耦合，通过图像数字化系统自动作曲，然后再由乐队来演奏。

华盛顿美国国会的众议院大厅，有一个半球形屋顶。在大厅一边轻声耳语，在另一边也能听见。所以，议员们的秘密谈话不止一次被人偷听。这是因为在一个椭圆形的房间里的一个焦点上发出的声音，会在另一个焦点上聚焦。

关于回音建筑，还有一些没有揭开的谜团。在河北邯郸以南几十千米的磁县，有一座"天子冢"。它的北坡有一条宽约5米，两边护栏高约1米的砖阶梯路。只要在这条路上拍掌发出"啪！啪！"声，就会听到"咚！咚！"的像水响的回声——和原来的声音不同。为了揭开这个"变声"的秘密，科学工作者用仪器测得"啪！啪！"声的频率是240赫兹，"咚！咚！"声的频率是370赫兹。这370赫兹声波的来源，有人用240赫兹"啪！啪！"声波中还混有370赫兹的声波来解释。这条砖阶梯路究竟是怎样具体把这370赫兹声波重现出来的，却没能得到满意的答案。更奇怪的是，1984年在南坡修的类似（宽约2米，护栏的高小于1米）砖阶梯路上，却不会发生这类回声现象。于是，中央电视台10套节目在2005年6月19日上午的"走近科学"栏目中就说，这些谜还有待进一步揭开。

船员为何死于非命
——神奇的次声杀手

1910 年 7 月 9 日，英国商船"维多利亚女王"号在布宜诺斯艾利斯装货完毕，往南行驶。到达火地岛海域时，船长艾克特突然发现一艘帆船在海面上漂浮。可是，无论怎样用信号联系，对方都没有反应。艾克特感到很奇怪，决定靠近去看一看。

不看不知道，一看吓一跳。从外观看，这条船一切都完好无损。可是，登船一看，艾克特吓得魂不附体：船上的人全像风干了的"木乃伊"似的，各就其位——1 个船员守在轮舵跟前，10 个值班员靠于桅杆之旁或坐于船舷之侧，6 个船员在舱下休息。僵硬的遗骸上仍有褴褛的衣服碎片在风中摇曳，脸部表情充满恐惧。船上其他物品，如食物、淡水也完好如初。船上的航海日记虽然找到了，但是上面已经生满霉菌，一个字也看不清楚。总之，全船一片阴气，但一切井井有条——这些奇怪景象，好像在暗示，是一种神奇而又可怕的力量，使它在瞬间被凝固在死亡的黑暗之中！

这是一条什么船呢，事故原因又是什么呢？

经过调查，原来它是 20 年前失踪的英国商船"马尔波罗"号。1890 年 3 月，它满载冻羊肉和羊毛从新西兰起航返回英国。可是，它还没有驶到预定港口，就在海上失踪了。当时大家都以为它失事葬身鱼腹了。

艾克特发现的使人目瞪口呆的景象，让大家对这只船遇难的一切猜测被一个个否定：既非火灾、雷击，也非海盗抢劫或船上暴乱，更非饥饿干渴。那么，究竟谁是"凶手"呢？几十年来，这一直是一个奇怪的谜——英国人大感不解，只好不了了之。

无独有偶，在1948年6月，苏联货船"麦塔奇"号也有同样的遭遇。它在大西洋上航行时，风平浪静，一切顺利，没有发生意外的任何先兆。但是，同一海域的其他船只却突然收到了它的紧急求救电报"SOS"。救援者赶到时，发现"麦塔奇"号毫无遇难的迹象。然而，人们登上甲板后却大吃一惊：从船长到水手，每个人都死在自己的岗位上，脸上都凝结着极端恐怖的神情。

苏联人怀疑，"麦塔奇"号事件是美国人干的，但是，经过近一年的调查，却找不到任何证据——苏联人对此也无可奈何。

也是在1948年，2月一天的傍晚，一艘名叫"乌兰格梅达奇"号的荷兰货船，在通过著名的马六甲海峡时遇到强大的海上风暴。船长命令无线电报务员发出"SOS"求救信号，报务员一边拍发信号一边艰难地报告："许多船员已经死去，我也快要坚持不住了。"等到救生人员赶到货船现场时，他们惊奇地发现船上所有的船员都已经莫名其妙地死在自己的岗位上——除了一张张留着极度痛苦和恐惧表情的脸，在每个死者的身上竟然找不到一丁点儿的伤痕。

次声波威力无比：激起海浪，扼杀船上的生灵……

类似的事情，在20世纪发生了不下30起：完好无损的船只，孤零零地漂浮在大海上，所有的船员无一幸免地惊惧而死。这令水手们想起来就不寒而栗——正如民谚所说："行船跑马三分命。"

在当时的航海界，这些神秘的海难事故引发了一次次的轩然大波，同时也激起了科学界探索其原委的浓厚兴趣。经过长时间的调查和科学实验，专家们认定，造成这些海难的罪魁祸首，是海上飓风和骇浪相互作用产生的大功率次声波。

人类首先感觉到次声波的"刺痛"记载，是在 1932 年夏天。一艘名叫"塔依梅尔"号的探险船在北极地区航行。船上一位气象学家在进行气象探测时，偶然发现了一个奇怪的现象：他在向辽阔的海洋上放送一个探空气球，无意中把气球贴近自己的脸，突然，耳朵里一阵剧烈的刺痛，使他立刻叫喊起来。科学家们将发生的现象记在航行的值班日记里。奇怪的是，在当天夜间就刮起了强烈的风暴——其实就是次声波。

能说明次声波危害人体的著名试验之一，是美国物理学家、发明家罗伯特·威廉姆斯·伍德（1868—1955）在 20 世纪 40 年代做的。他专门为英国伦敦一家新剧院做音响效果检查。当剧场开演后，伍德悄悄打开了仪器，仪器无声无息地在工作着。不一会儿，剧场内一部分观众就出现了惶惶不安的神情，并逐渐蔓延至整个剧场。当他关闭仪器后，观众的神情才恢复正常。

伍德

那么，次声波究竟是怎样具体危害人体的呢？科学家们发现，当次声波的频率与人们的大脑节律相近，就会引起共振，强烈刺激人的大脑——轻者恐惧、狂癫不安，重者突然晕厥或完全丧失自控能力，乃至死亡。当次声波的频率与人体内脏器官的振荡节律相当，而且人处在强度较高的次声波环境中，五脏六腑就会发生强烈的共振——刹那间，大小血管就会一齐破裂，导致死亡。

1986 年的一次"杀人事件"，更能验证次声波的这种危害。这年夏天，法国马赛市郊的一家农户 20 多人正围聚在一起共进午餐，莫名其妙地在数十秒内全部猝死。与此同时，正在邻近田间劳作的另一家 10 多个人也突然全部死亡。一位次声专家也因此死于非命。事后有关部门解剖尸体检查结果表明，这30多人全部因脑血管严重破裂而死亡。最终调查结果是：这起人间惨剧，是由离事故现场16千米之外的一所次声波武器研究所的工作人员疏忽，造成技术故障发生次声波泄漏造成的。为此，法国国防部受到了公众舆论的谴责。

次声波不但危害人体，还祸害其他生物。

1970年1月11日，在美国佛罗里达州附近的海岸，有几百头鲸鱼冲上海滩自杀。人们为了保护它们，费尽九牛二虎之力，想把它们拖回海中。可是，这一切努力都无济于事——被拖回海里的鲸鱼，又固执地冲回海滩。人们只能眼看着鲸鱼干燥的皮肤上慢慢出现血泡，鲜血汩汩地从裂口中渗出，最后缓缓地窒息而死。同年3月18日，在新西兰的奥基塔，也发生了更大规模的鲸鱼集体自杀事件。据始建于1753年、在1759年对外开放的英国大英博物馆记录，自1913年以来，有案可查的鲸类搁浅自杀总数已经超过了五位数。

乌贼的集体自杀也令人瞠目结舌。1976年10月，在美国的科得角海滩，忽然有成千上万的乌贼登岸集体自杀。这一现象又沿着大西洋海岸向北蔓延。11月，在加拿大的拉布拉多半岛和纽芬兰岛，都出现了数以万计的乌贼集体登陆自杀的怪事。这场自杀惨剧一直延续了近3个月，直到新年过后才终止。

科学家经过认真的研究分析，最后一致认为，这些动物自杀的罪魁祸首，也是次声波。

在美国，曾发生过这样一件怪事：高速公路两旁的树木都莫名其妙地死去了。开始人们都以为是汽车排出的废气造成的，后来经过反复调查研究，方真相大白。罪魁原来是过往汽车造成的振动——振动中的次声波破坏了树根和土壤的接触。

通常，频率在20赫兹以下的声波，人耳听不到，人们把它们称为次声（波）。

耳朵虽然听不到次声，但次声却时时刻刻潜伏在人们身边。飞机的飞行，火车、汽车等车辆的行驶，鼓风机、打夯机、发电机等机器的运转，以及大自然之中的地震、台风、雷电、火山爆发等等都会持续不断地发出次声。

次声的一个重要特点，是它在传播过程中的损耗很小，不容易被水或空气吸收，能够穿透厚厚的墙壁以及其他物体，因而也能穿透人体。次声的波长很长，很容易绕过障碍物传得很远。地震、台风、核爆炸或宇宙飞船发射时产生的次声能绕地球几周。例如，1961年10月30日，苏联在新地岛进行了一次世界上最大的氢弹试验，爆炸威力相当于6 000万吨TNT炸药，产生的次声绕了地球5圈。

人受到2~10赫兹次声的侵扰，会产生恐惧、恶心、眩晕等症状。其中，5~7赫兹的次声对人的危害最大，轻则引起神经错乱、大脑损伤；重则五脏破裂，致人死亡。而海啸、地震、台风等产生的次声，正好在这个范围，从而杀死了"马尔波罗"号上的全体船员，船也随波漂到了火地岛附近。

因为次声对人体能造成危害，世界上有许多国家已明确将其列为公害之一，规定了最大允许次声的标准，并从声源、接受噪声、传播途径入手，实施了可行的防治方法。目前，科学家正在研究次声的特性以防止它的侵害。

"文明"的次声波武器照样置人于死地

不过，次声也是一把双刃剑。大暴风雨、地震来临之前，就会产生很强的次声，使动物有许多异常表现，人们可以将其作为预报的参考依据。例如，由于海洋中水母能感到这种次声，苏联发明家诺文斯基就在20世纪60年代初，仿水母的耳朵制成了一种利用次声预报暴风雨的仪器——"水母耳"。此外，次声探测方法已经成为监测大气核爆炸的主要方法之一。

军事科学家们也在次声上做文章——已开始了多年的次声炸弹的研究。因为这种炸弹只伤人不伤物，据说成功后可使方圆几十千米的人在瞬间死于非命，而建筑物等则完好如初，所以被称为"干净""文明"的大规模杀伤性武器。

对次声的研究还在继续。有的科学家认为某些动物之所以能感知次声，是因为它们的"第六感"。当然，"第六感"并不是唯一与次声有关的理论。例如，有人认为它能令人情绪恶劣甚至自杀。其例证是，在 2003 年，英国艺术家萨拉·安格利斯自制了一件能发出 17 赫兹次声的巨型管乐器，用它举行了两场音乐会（都加入了这种次声），听众听了之后感到寒冷、焦虑和战栗。

从枪杀小孩到"声炸弹"
——不可忽略的噪声

　　《三国演义》里曹操大军追歼刘备到长板桥头，张飞挺枪立马于桥上，大喝一声，声如巨雷，曹军闻之，尽皆战栗。曹将夏侯杰惊得倒撞马下而亡。曹操回马就走。军士丢盔弃甲，竞相逃命。后人赞这一喝曰："一声好似轰雷震，独退曹家百万兵。"难道噪声真有这样的威力么？

　　自然，这里有艺术的夸张，还有心理学上的原因，但却说明作者罗贯中（约1330—约1400）对噪声的力量已经有了相当深刻的认识。从现代科学的观点来看，噪声的确有大得惊人的力量，下面的实例可以验证。

　　在1969年春的一个晚上，美国纽约市布朗克斯区，一个夜班工人突然开枪打死了一个正在玩耍的13岁小孩。法庭审判后宣布，真正的罪犯是"幕后操纵者"——不露面的噪声。因为这个小孩吵得他不能睡觉，使他的中枢神经失去了控制能力，从而酿成了这一悲剧。

城市噪声搅得人心神不宁

　　类似的事情在日本也有发生。1961年，广岛一个青年持刀杀死了一个工厂的厂主。原因是工厂的噪声——把这个住在隔壁的青年折磨到了无法忍受的地步。

　　噪声使人失去理智的情况很罕见，但是，噪声给人们健康带来的危害，已经有事实做出了无可辩驳的证明——引起疾病，缩短寿命。现在，生活在城市的居民，听力大多在衰退。在噪声超过控制标准的车间，工人都有程度不同的噪声性耳聋。据美国职业安全和卫生研究所调查，人在 15 米处听重型卡车发出的声音，每天听 1 小时，20 年后听觉就明显衰退。如果突然置身于强烈的噪声中，甚至会导致听觉神经细胞死亡，成为无法恢复的永久性耳聋。噪声影响睡眠之后，导致健康水平下降、引发各种疾病——例如神经官能症，从而降低工作效率。美国著名耳科专家罗逊甚至认为，长时间的强烈噪声，甚至可使心脏停止跳动！

1956 年，英国首批超音速飞机试航，一架飞机在地中海上空突然爆炸。它的爆炸像谜一样费解。后来对碎片进行化验，发现噪声是罪魁祸首——强烈的噪声，引起了金属的疲劳！

1959 年，10 个美国人为了一大笔奖金，自愿做超音速飞机噪声作用的试验。尽管他们用双手紧紧捂住耳朵，但都被从他们头顶上掠过的飞机噪声击毙，无一幸免！

飞机残骸

20 世纪 60 年代初期，美国空军的一架 F104 喷气式飞机在俄克拉荷马市上空，做超音速飞行试验。每天飞越 8 次，高度为 1 000 米。飞行 6 个月后，一个农场的 1 万只鸡，被轰鸣声杀死 6 000 只！幸存下来的 4 000 只，或羽毛脱落，或不生蛋；而乳牛则挤不出奶了！

1967 年 1 月 29 日，三架美式军用机低空掠过日本一个城市时，强烈的噪声掀倒烟囱、震碎玻璃，并把货架上的商品震散，房子内的日光灯震落，造成很大的损失。1970 年，联邦德国威斯特柏格城，曾因飞机的超音速飞行，受到一次强烈的噪声袭击，建筑物发生 378 起受损事件！在协和式飞机试航过程中，航线下面一些古老的教堂，由于受到噪声破坏，出现了裂缝。

噪声对人体的危害，被军事专家们用来做武器。1977 年 10 月下旬，一些恐怖分子劫持了一架联邦德国客机飞往索马里。赶到摩加迪沙机场的联邦德国 GSG－9 特种部队，使用了新式武器——声炸弹。他们只用 3 秒钟就突击打开了飞机舱门，扔进声炸弹。在一声巨响和强烈闪光之后，劫持飞机的恐怖分子在刹那间就昏迷过去。特种部队队员在 6 秒钟内就逮捕或击毙了恐怖分子，被劫持飞机内的全部旅客安全脱险。两年以后，在伦敦，有关当局又一次使用了声炸弹，逮捕了占领伊朗驻英使馆的一些人，使事件迅速得到解决。

和其他事物一样，噪声也有多面性，所以科学家们正在研究化害为利，让它造福于人类。

英国科学家根据在一定条件下，当声波遇到屏障时会转化为电能这一原理，研制出了鼓膜式声波接收器。这种接收器与共鸣式声能放大器和声能转变器相连，就可将收到的噪声转换为电能。例如，当喷气式飞机的噪音达到 160 分贝时，其声功率竟高达 10 千瓦，其应用前景极为宽广。

当人体组织受到电波辐射时，活体分子和原子会做不规则的热振动，发出噪声，某个部位的温度越高，噪声也就越大。科学家根据这一原理，提出借助专门的电子声学诊断仪诊断病灶和炎症的确切位置和轮廓。

不同的植物对不同波段的噪音有不同的敏感度，而且噪音还能控制某些植物提前或滞后发芽，利用这种差别制出的噪音除草器，可向地表发射特定波长的噪音，使杂草种子提前发芽，这样可在农作物生长前施放除草剂，除掉杂草，促进作物丰产。

美国科学家丹卡尔森发现，某些农作物受到某种噪声刺激的时候，其根、茎、叶表面的孔会张得大大的，从而增强了作物吸收肥料的养分的能力。丹卡尔森用汽笛的噪音对着试验地里的西红柿，结果生长的西红柿比一般地里的既多又大，总产量增加了9倍。

传统干燥食品的方法是采用加热处理，这样会使食品丧失营养成分。美国以噪声和低频音波高速干燥食品，其吸水能力为传统干燥技术的4～10倍，食品的质量也大大提高。

英国研究人员根据方向相反、强度相等的声波能够互相抵消的原理，提出一种声波消除噪声法——在噪声发动机上安装话筒把噪声收集起来，再用计算机和传感器计量噪声强度，根据这种强度复制大小相等的反向噪声，来抵消原来的噪声。美国一家公司制造出一种耳机，可以把传到驾驶员耳中的直升机的噪音减少20多分贝。美国威斯康星州的一个制造商，正在市场销售一种消除工厂通气管道烟囱噪音的装置。用噪声反噪声技术，也应用于军事——例如制造噪声更小的潜水艇。

从 "心脏杀手" 到微波炉
——"无形魔鬼""改邪归正"

"啊，巧克力怎么融化了！"

1945 年的一天，正在测试雷达的美国工程师珀西－斯潘塞感觉有点饿，就随手从衣袋里掏出几块巧克力，没想到它们就……

珀西－斯潘塞挺纳闷：天气颇为凉爽，身边没有热源，巧克力怎么会融化呢？

这种怪事还不止一桩。

30 年以后的 1975 年，世界卫生组织发现了一个奇怪的现象：在芬兰的库奥皮欧、约恩苏、伊洛曼齐等几个城市，心脏病发病率远远高于芬兰的其他城市。这就怪了，一个面积不大，条件也差不了多少的国家内，为什么这几个城市得心脏病的人会比其他地方高得离奇呢？

经过反复调查，真相终于大白。原来，这几个城市都与苏联用来发射强大微波束用以监视美国导弹的微波台毗邻，其中伊洛曼齐最近。1976 年，美国五角大楼的一份报告也说："人们过分地置于微波之中会诱发心脏病。对青蛙的试验表明，跟心脏搏动次数相等频率的发射机，会导致心脏的停搏。"这样，微波成了货真价实的"心脏杀手"。

对微波的研究已经证明，长时间置于微波中，对人的健康威胁极大。为此，一些国家已制定了环境中最高的微波标准。如在苏联，规定最高量是 0.1 毫瓦/厘米^2；美国则规定为 10 毫瓦/厘米^2。

那么，微波这个"无形魔鬼"能不能"改邪归正，戴罪立功"呢？我们想到了微波炉。

事实上，在下班以后，前面提到的细心的珀西－斯潘塞就到附近的玉米地里掰了一些玉米种子，随手撒在车间的雷达旁边。第二天早晨，这些玉米变成了一颗颗绽放的"爆米花"。

玉米"开花"，让珀西－斯潘塞陷入兴奋和沉思。他开始寻找原因，最终发现频率极高的微波，除了可用于雷达探测高速运动物体，还具有鲜为人知的、强大的"热效应"！任何物品，包括看起来很干燥的食品内，都含有大量水分子；而水分子吸收微波后，立即产生高频振动和剧烈摩擦，使温度迅速升高。玉米种子正是在微波的热效应作用下变成爆米花的。

珀西－斯潘塞的发现，在当时产生了很大的轰动效应。1945 年年底，美国的雷声公司就研制出用微波烹饪的微波锅。当时这种稀少而珍贵的加热锅，只在医院等特别需要的单位使用。

用微波烹调食物，颠覆了传统做食物的方法——不直接用火或间接用火。

进行微波烹调，必须有利用微波能的微波炉和热的循环空气。为了解决这个问题，一家英国公司设计出了一种炉子——微波炉，并获得了专利。从此，微波炉逐渐向我们走来。

微波锅靠的是微波——炉内的食物受到频率为 2 450 兆赫兹的微波的冲击，产生热量，食物就煮熟了。

产生微波的电子管叫"磁控管"，它首先是英国的三位物理学家约翰·特顿·兰德尔（1905—1984）爵士、亨利·阿尔伯特·霍华德·（哈里）·布特（1917—

微波炉

1983）博士、詹姆斯·塞耶斯（1912—1993）教授，在 1940 年发明的。研制工作在伯明翰大学的一个小组进行。不过，这个小组的目的不是要搞什么烹调，而是要消灭纳粹分子——在第二次世界大战中，英国的雷达需要"谐振腔磁控管"。

目前，微波还愈来愈多地应用于军事、工业、医疗等领域。

微波属于电磁波。事实上，所有过强的电磁波对人或其他生物都有害。例如，过强的红外线会烫伤皮肤。又如，过强的紫外线会使皮肤产生红斑，形成水泡，脱皮等；波长在280到340纳米的紫外线，也有很强的致癌作用！

科学家们发现，高压线、电台和电视台的发射机、雷达、电气铁路、核电站、手机、家用电器等，都会发射出电磁波，如果过强，也会危害健康。

电磁波不仅威胁人的健康，而且由于电子产品数量迅速增加，还会严重地干扰了电视和收音机等接收无线电信号，以及使许多的电子设备失灵。

防止电磁波的危害，有许多措施。比如选用聚乙烯树脂与碳化硼制成的防热中子屏蔽板材，就能将它拒之于门外，减少危害。让高压线、变压器等严重辐射电磁波的设备远离人群，也是措施之一。尽量远离使用中的微波炉等等。

"水" 会向高处流吗
——有趣的超流体

"人往高处走，水向低处流。"难道还有向高处流的"水"吗？有。

"超流体"会从没有上釉的"有孔可钻"的陶瓷罐漏出，直到流完为止。更使人惊异的是，它也会在"无孔可钻"的玻璃或金属容器里向

右边的超流体从没有上釉的陶瓷罐漏出

上爬壁逃出，直到逃完为止，"爬壁效应"。

以上两种现象，可以用一句话概括：任何上端开口的容器都装不住它。原因是，超流体没有黏稠性、没有摩擦，会产生自发的虹吸作用而自动寻找最低位置。

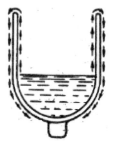

超流体的爬壁效应

这种奇怪的液体就是液态的氦 4（^{4}He）。以上两种现象都是这种超流体的"超流现象"。

有人认为，液氦 4 的超流动性是荷兰物理家威廉·亨德里克·克松（1876—1956）和凡·登·安德（J. N. Van den Ende）在 20 世纪 30 年代发现的。

苏联物理学家、被誉为"低温物理学之父"

的卡皮查（1894—1984）于1937—1938年进一步研究了超流现象，得到的成果是他在84岁时与另外两人分享1978年诺贝尔物理学奖的原因之一。

1918年，卡皮查毕业于彼得格勒工业学院后，次年就任该校讲师。1921年，他赴英国剑桥大学留学，当了著名英国物理学家卢瑟福（1871—1937）的助手，在该校卡文迪许实验室从事低温物理和电磁学的研究。1924年，他担任该室副主任。同年，他提出了获得高能磁场的脉冲方法，并制成能得到5特斯拉磁场的装置——这个纪录直到1956年还无人

卡皮查

超过。他在1930年成为英国皇家学会剑桥大学蒙德实验室主任后，于1934年在该室制成了一台活塞膨胀机型氦液化器，它可使气态氦方便地变成液态氦。这一成果，在第二次世界大战中推广到商业应用，成为全世界研究低温物理的重要仪器。以上两项发明为在强磁场和极低温条件下研究物质的性质开辟了道路。这一年，他从英国回到苏联，政府为他新建了莫斯科物理问题研究所，并从剑桥购回他所使用的全套设备，使他能继续研究。

1937年的一天，卡皮查对氦4的导热性进行研究。当他把氦4的温度从4 K降到2 K的过程中，温度达到2.174 K的时候，突然发现液氦内部及液氦与容器壁之间的摩擦系数几乎为零。黏滞系数小到水的十亿分之一，可以从盖得很严的容器中逃逸出来，还会迅速流过很细的毛细管和裂缝。显然，此时液氦已成为超流体。卡皮查把2.174 K以上的液氦4称为氦Ⅰ，2.174 K以下的氦4称为氦Ⅱ。所以也有人说超流现象是他发现的。

几乎与卡皮查同时，英国物理学家艾伦（1908— ）和迈斯纳

（1891—1959）在剑桥也独立发现了类似现象。三人的研究成果被刊登在同一期的英国《自然》杂志上。同年，牛津大学的唐特（1913— ）和德国出生的门德尔松（1906— ）还发现，液氦能在任何浸在其内的固体表面上形成仅有几十个原子厚度（约35纳米）的薄膜，并沿着固体表面迅速蔓延，蔓延速度在1 K时达到0.2米/秒。他们还发现，这种超流动性有"临界速度"——当强迫流动的速度超过临界速度时，超流动性就被破坏了。

氦是一种特殊的、最后一个被液化的元素，在1908年7月9日才由荷兰物理学家昂纳斯（1853—1926）液化，他也因此独享1913年诺贝尔物理学奖。

氦也是唯一的一种在本身蒸汽压下仅仅用冷冻法不能变成固体的元素。在今天人们能达到的接近0 K的极低温下，它也没有"屈服"而变成固体——人们甚至估计，即使在0 K时，它也不会变成固体。换言之，人们预测它只有气态和液态，而没有固态。

氦主要由氦4和氦3组成。它们的原子核内，各有两个和一个中子，丰度分别为接近100%和10^{-6}。此外，还有氦6和氦7，但半衰期都极短。

昂纳斯

氦4和氦3的液化温度分别为4.2 K和3.2 K。当温度降至2.174 K时，前者出现超流现象；后者则要到0.002 K时才发生类似现象——直到1972年，科学家们才艰难地达到这一低温。这一年，美国康奈尔大学教授戴维·李（1931— ）、理查森（Robert C. Richardson）、斯坦福大学教授奥谢诺夫（1945— ），发现了氦3在0.002 K时变成了超流体，但它与氦4的超流现象有很大的区别——前者是一种"费米子"，后者是一种"玻色子"。费米（1901—1954）和玻色（1894—1974），分别是美籍意大利物理学家和印度物理学家。内在基本粒子角动量之和为整数的微粒称为玻色子，其他则称为费米子。这一发现不但对物理学，而且对其他学科，例如天文学中星系的形成的研究，都具有重要意义。为此，上述发现氦3超流现象的三人分享了1996年诺贝尔物理学奖。

氦3在0.002 K以下被分为A相（在强磁场中还有A_1相）和B相两种。虽然对氦3超流现象的发现晚于氦4，但对氦3的理论认识却胜过氦4。其中部分原因是，超流跟超导相似——对氦3超流的理论研究，在很大程度上借鉴了BCS理论来研究超导现象的方法。BCS理论，是巴丁（1908—1991）、库柏（1930— ）、施里弗（1931— ）这三位美国物理学家在20世纪50年代创立的。

在接近2.174 K时，液氦4几乎全部是普通流体。低于这一"临界温度"时，一部分变为超流体。温度再往下降时，超流体的比例增大，在1 K时则完全变为超流体。

超流体液氦4还表现出"喷泉效应"。所谓喷泉效应，就是当用一个U形两端开口的容器填上极细的金刚砂粉置于液氦4池中，使其中一端连着一极细玻璃管并使该管伸到池内液面以上，对另一端用灯光照射或加热丝加热时，液氦4就会从玻璃管孔中喷出，犹如喷泉。这种效应是前述艾伦在1938年发现的。

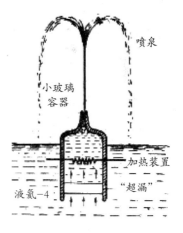

超流体的喷泉效应

喷泉效应还有一个逆效应，叫"机械热效应"，就是液氦4经过极细的金刚砂粉流出时，容器内的温度会略升高。这一现象是前述唐特和门德尔松在1939年发现的。

此外，超流体氦4还有一种至今难以解释的"恒星效应"——在转动盛有氦4的容器时，液氦4却不动，而且它也不随地球的转动而转动，对恒星保持相对静止。

现在，人们对氦的超流性仍未完全认识，但研究它已引出一些成果。例如，美籍德国物理学家伦敦（1900—1954）将它与"玻色－爱因斯坦凝聚"相联系进行研究，在1938年提出"液氦的超流动性是由服从玻色统计的'爱因斯坦凝聚'所引起的"假说。爱因斯坦凝聚，是爱因斯坦在1917年提出的，当时他曾预言，由玻色子构成的物质，当降到某一低温时，部分基本粒子会突然凝固，处于角动量为零的基态而静止在轨道上。他的这一预言已被证实：1997年，美国国家标准与技术研究院的埃里克·科内尔与科罗拉多大学博尔德分校的卡尔·威曼合作，在1 700亿分之一开尔文时，使单个铷原子实现了这种凝聚——原子被冷凝成一种锁状阶梯结构物质。

现在，人们面临的一个有趣的难题是，如何找到超流这一奇特现象的实际应用。

没有管子也能虹吸
——神奇的非牛顿流体

我们每天都在和流体打交道，但是，不知道你观察过以下两种不同的现象没有？

如图1，把一根圆棒放在装液体的烧杯中自转，在圆棒周围，有的流体会低下去，而另一些流体会沿着圆棒爬上来。这个效应叫"外森堡效应"。前一种流体叫"牛顿流体"，大多数纯液体和低分子溶液，例如水、豆油、甘油、

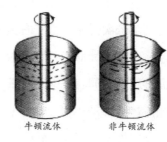

牛顿流体　　　非牛顿流体

图1

汽油等，都是牛顿流体。后一种流体叫"非牛顿流体"，如蛋白、糖浆、蜂蜜、洗洁精、油漆、牙膏、糨糊等。

对非牛顿流体的研究，国外从20世纪50年代就开始了，到20世纪70年代获得迅速发展。20世纪80年代前后，中国也越来越重视对非牛顿流体的研究，尤其是在合成橡胶、合成塑料、合成纤维、涂料、合剂、食品和化妆品等工业发展上的研究和运用，取得了不少成果。现在我们来看一些别人已经做过的实验。

圆盘在烧杯底部自转的时候，牛顿流体的表面中部会低下去（图2左），而非牛顿流体的表面中部则会高起来（图2右）。

如图3，使圆盘浮在烧杯内的液体表面顺着它转动的时候，叠加在这个主要液流上的是另一个液流。在牛顿流体中，这个叠加的液流从中心向上，然后沿着烧杯壁向下（图3左）；而在非牛顿流体中，这个

叠加的液流从中心向下，然后沿着烧杯壁向上（图3右）。

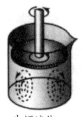

牛顿流体　　非牛顿流体　　牛顿流体　　非牛顿流体

图2　　　　　　　　　　图3

像图4那样，把液体从圆管中抽出来。管子左面的黑色表示液体，右面是空气。每列图中，从上到下依次说明从管子右边抽取液体与停止抽取时，不同时刻

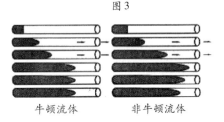

牛顿流体　　非牛顿流体

图4

液面移动的不同状态。前4根管子表明，开始抽液时，牛顿流体和非牛顿流体的移动相似。在停止抽液后，左边一列图中第4根管子里的牛顿流体停了，第5、第6根管子里的液体依然停在原处；而在右边一列装非牛顿流体的管子停止抽液时，第4根管子里的液体暂时停了，但其后在第5、第6根管子里的液体却缩了回去——这是非牛顿流体的"记忆效应"。可是，非牛顿流体并不会回复到原先的状态——这是它"衰退的记忆"。

牛顿流体从管子里向下流出时，会缩得越来越细——如果你把水龙头开得不大不小的时候，就能看到这种情形（图5左）；而非牛顿流体会膨胀——横截面可以增加到5倍（图5右）。

牛顿流体　　非牛顿流体

图5

金鱼缸里的水脏了，就要把金鱼一条一条捞出来，再换金鱼缸里的水。这么一来，金鱼受到惊吓，还要有一段时间要离开水。为了避免这种情况，

我们可以利用虹吸现象把金鱼缸里的脏水和底部的脏物吸掉。具体做法是，先把一些干净水吸到塑料软管里，然后，两手按住管子的两端不让水漏出来，把管子的一头伸到鱼缸底，使管子的另一头放到缸外低于金鱼缸的底部，再把手松开——脏水和脏物就源源不断地从鱼缸里流出来了（图6）。

在虹吸的过程中，一旦水管的进水口（图6的A点），离开鱼缸的水面，哪怕只离开不到1毫米，空气就会挤进水管而破坏虹吸的条件，使虹吸中断。要想继续吸水，一切还得从头来。通常一旦吸管口离开牛顿流体的液面，虹吸现象就会停止（图7左）。

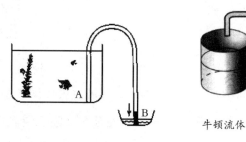

图6 虹吸法吸脏物

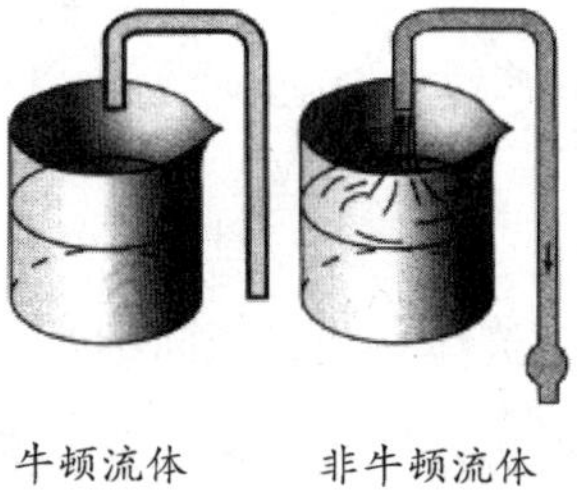

牛顿流体　　　　非牛顿流体

图7

奇怪的是，在非牛顿流体中，一旦虹吸开始，即使让虹吸管的管口离开液面，虹吸也不会停止，甚至吸口离开液面几十厘米，液体也会被吸到吸管中，持续到液体流尽为止。这叫"无管虹吸"（图7右）。

1980年前后，加拿大多伦多大学的詹姆士教授就用某种高分子材料—— 一种典型的非牛顿流体，做了一次虹吸实验。他仅仅把1克高分子材料混合在10升水里，做成浓度为1/10 000的高分子液体。就这么一丁点儿的高分子材料做成的液体里，哪怕进液管口离开液体表面20厘米，虹吸现象依然持续下去。这就像变魔术一般——惊讶地看到一段水柱"无依无靠"，像是被魔力吸引着，不断向上流，流入距离液面20厘米高处的管子里。

牛顿流体除了液面的边缘，基本上是平坦的——仅仅在液体和管壁的接触处弯曲（图8左）。如果液体与固体的接触面能自动扩大，并且互相附着，这种现象叫"浸润"或"湿润"。如果液体与固体的接触面有收缩趋势，不能互相附着，就叫"不浸润"或"不湿润"。对牛顿流体，如果液体和管壁浸润（比如水和玻璃），接触处的液面会向上形成"弯月面"（图8中）；如果液体和管壁不浸润（比如水银和玻璃），接触处的液面会向下形成"弯月面"（图8右）。非牛顿流体则不同——在倾斜的管子里流动时，液面总会向上形成"弯月面"（图8中）。

平坦的液面　　向上弯的液面　　向下弯的液面　　　　牛顿流体　非牛顿流体

图8　　　　　　　　　　　　　　　　图9

牛顿流体从粗管流向细管时，会平静地直接流过去（图9左）；而非牛顿流体会在缩口附近形成漩涡，液体中的颗粒会陷在漩涡里，而不流到细管里去（图9右）。

图10中深色的圆，代表一个个在流体中快速地左右振荡的圆柱——振荡会使液体产生水流。注意图中那些曲线小箭头——牛顿流体的水流方向（逆时针向，图10左），同非牛顿流体的方向（顺时针向，图10右）正好相反。这个实验，叫"声流实验"。

两颗圆球先后落入液体中时，在牛顿流体中，第二个圆球会赶上第一个圆球（图11左）；在非牛顿流体中，第二个圆球同第一个圆球的距离会越来越大（图11右）。

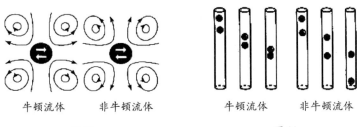

牛顿流体　非牛顿流体　　　　　　牛顿流体　非牛顿流体

图10　　　　　　　　　　　　　　图11

从以上实验，我们可以看到，非牛顿流体与牛顿流体有很大的区别。人们必须发展新的理论才能进一步了解非牛顿流体的性质。这是个非常有意义的挑战——你也一起来接受这个挑战吧！

我们再来看一个奇怪的现象。

在图12的广口瓶里，装着一种非牛顿流体。如果轻轻地晃动，它能缓缓流动——像左面那个瓶子那样。但是，如果把瓶子猛地倒过来，这相当于给液体一个突然的"剪切"，液体就会突然变成凝胶——像右边那个瓶子一样。这是复杂流体的"振凝现象"——它在

图12　复杂流体的振凝现象

电流变液和磁流变液中存在，并在实际生活中有很大的意义。

淳善吴家得珍宝
——慈禧明珠现世间

"……一下，两下，三下，成交！"一声锤响之后，一枚夜明珠以1 800万英镑被一位法国收藏家买走。

这是一枚什么样的夜明珠，如此价值连城？1982年的一天，做眼镜加工生意的郑州男子李广岭到江苏武进县（今武进区）收购水晶石。结果上了当——用600元买回了一块长、宽、高各是19厘米、10厘米、10厘米，有2 418克的"假水晶"。不过，它晚上能发出乳白色的光，美丽异常，在10厘米内能看报。后来经北京大学的宝玉石鉴定专家鉴定，它是世界上最大的萤石夜明珠！大吃一惊的他，就与深圳市福田区一家典当公司签订了拍卖协议，结果卖了4 000万元。2008年，这位买主又把它卖了1 800万英镑……后来，许多媒体都报道了这样一则消息。

1963年，西安市，一个老奶奶病重难治。在弥留之际，她把一对夫妇叫到病榻前，把自己睡了一辈子的一个枕头，执意送给了夫妇俩。枕头用紫色绸缎精工缝制，可能从未拆洗过——污垢黑亮，渍迹斑斑。老奶奶临终前，指着小枕头，焦急地蠕动着嘴，刚说出"不要扔……"就咽了气。

这对夫妇以为老奶奶把枕头留给他们是做纪念，就把它放在柜子里，没有管它。

一年夏天，夫妇俩的家里搞卫生。孩子们把枕头拆了线，准备洗一洗。这一拆洗不要紧，却揭开了一个巨大的秘密，引出一个轰动性的新闻……

枕头拆开后，里面露出一个红布包。解开红布包，又有一层黄布、一层油纸，油纸里面还有一层锦缎。"里三层，外三层，锦缎里究竟包着什么'宝贝'？"快到揭开神秘面纱的"关键时刻"，孩子们都好奇想看个究竟。

锦缎终于打开了……

"啊！这是什么？"4 颗华光四射、晶莹透亮、灿若星辰的珠子呈现在大家面前。仔细一看，鲜荔枝般大的珠子还幽幽地发出蓝光。孩子们惊奇地叫了起来，夫妇俩也瞪大了眼睛。

到了夜晚，那珠子的光亮显得更为耀眼夺目，能把 10 平方米的屋子照亮，仿佛点了一盏 10 瓦的日光灯。这一家人更是惊诧不已，整整一夜没有睡觉。

那么，夫妇俩是谁？这能发光的神奇珠子究竟是什么？这位老奶奶是谁，是怎么得到珠子的？她又为什么要把珠子交给夫妇俩？夫妇俩下一步会怎么办？

丈夫叫吴其名，夫妇俩是西安化工厂的普通工人。

郭沫若

第二天一早，彻夜未眠的吴其名就带了一颗珠子，到西安市内东大街珠宝收购店做鉴定。一个老店员看见珠子，脸色突变，十分惊奇。他告诉吴其名，这颗珠子非同凡响，必须请考古专家鉴定。几位专家鉴定了整整一天，谁也拿不准。他们只好找到当时正在西安考古的中国考古学家郭沫若（1892—1978），求他帮忙。经过郭沫若仔细鉴定、考证，断定这世界罕见的珠子，是清代慈禧太后（1835—1908）凤冠上 9 只凤嘴所衔 9 颗夜明珠中的 4 颗——它们在清末神秘失踪，至今杳无音讯。故宫博物院已经多方寻觅，费时多年，现在才终于找到。这正是"踏破铁鞋无觅处，得来全不费工夫"。

那么，这价值连城的珠宝，怎么会落在这个老奶奶手中呢？

原来，这位老奶奶姓王，曾经是慈禧太后身旁的一个贴身小宫女。1900年，八国联军侵犯北京时，一向专断狠毒的慈禧太后吓破了胆。她不仅指令大臣实行"量中华之物力，结与国之欢心"的卖国政策，而且为了讨好侵略者，亲自从凤冠上取下4颗夜明珠，叫年方17岁的这位小宫女送往西门宾馆，交给李鸿章送与外国人，作为侵略者退出北京的补偿。慈禧太后的无耻行径，激起了小宫女的义愤——她没有遵

慈禧太后

旨送宝，而是携带着这4颗夜明珠机智地摆脱了护卫，离开了清宫，悄悄地躲过慈禧的耳目，隐姓埋名，消失在茫茫的人海之中……

几十年来，无数寻宝者找遍了大江南北、长城内外，却都无功而返。连那小宫女也仿佛遁了土一样，杳无踪影。1949年后，王氏年迈，孤苦伶仃、无依无靠，被为人老实厚道、淳朴善良的吴其名家接受并赡养，奉若亲娘。直到她在吴其名家去世，这个谜才揭穿。

弄清了这4颗夜明珠的来龙去脉之后，国家按政策规定，要付给吴其名10万元奖金——这在当时可是"天文数字"。可是，夫妇俩坚辞不受——他们要实现小宫女的遗愿，将国宝献给祖国。最后，有关部门对他们的爱国行为，给了1 000元的奖励。

古时候，晚上只能靠油灯、蜡烛等照明，很不方便。于是，人们就幻想有一种方便、卫生又明亮的照明器具。后来，人们发现有一些宝石能在夜间发出光亮。于是，工匠们就把宝石加工成各种器具，供达官贵族们使用。从此，夜明珠、夜光璧、夜光杯（一位中国学者在2008年认为是琥珀杯）就进入了皇宫大内、豪门深宅的奢华生活之中。

夜明珠进入了皇宫，还有一个传说。唐朝建国之后不久的一个除夕之夜，唐太宗李世民宴请刚从突厥归来的隋炀帝的皇后萧氏。为此，他命令工匠把宫殿装饰一新，并且到处设灯火和蜡烛，把夜晚的宫殿照得如同白昼。可是，萧氏却指责说，宫殿里灯火过多，只觉得黑烟缭绕，烟气逼人——虽然华丽，但不舒服。她接着夸口说，过去隋王朝在举行类似活动的时候，从来不用这些东西，而是在宫殿内外悬挂120颗夜明珠，珍奇华贵，光彩照人。

那么，世界上到底有没有夜明珠呢？

唐代诗人张籍诗句中说："还君明珠双泪垂，恨不相逢未嫁时。"唐代诗人王翰也有名诗《凉州词》："葡萄美酒夜光杯，欲饮琵琶马上催。醉卧沙场君莫笑，古来征战几人回？"翻开我国的古籍文献，总能找到许许多多有关夜明珠、夜光杯、夜光璧的记载。这些记载都证明，夜间发光的珠宝已经在社会生活中广泛使用。

在20世纪末，中国科学工作者曾在某地的钨矿床中，发现一种萤石原料，可以用来制成夜明珠——在黑夜中，人站在离它3米远的地方就能看到它发出的亮光。如果想借助它的亮光看书报，必须把纸凑到

夜明珠

它的边上才行。据科学史家的考证，我国古代流传的夜明珠，大多是用类似的萤石原料制成的。另外，人们还发现过用钻石和水晶制成的夜明珠，它们的价值虽然昂贵，但亮度比萤石高不了多少。到2006年，中国最大的夜明珠直径已经超过1米。

那为什么夜明珠会在黑暗中闪光呢？

在自然界中，物体发光大致分两种。一种是热发光，像天体的发光、各种火光、电灯光等等。还有一种是冷发光——不是由高温造成的，而是某些物质受到外来光或电子、高能离子等的照射时发出的，例如日光灯。一般的冷光，在停止照射之后，发光立即就停止了，或

者仅仅能维持 100 亿分之一秒的余晖。可是，有一种特殊的冷光，在停止照射以后仍然能维持较长时间。比如夜光表，能在黑暗中闪闪发光，并保持较长时间。夜明珠的发光，也属于这一类。

使科学家们感兴趣的是，在自然界中，萤石和水晶的分布都很广，但能发光、能用来制作夜明珠的却非常少见。经过详细研究后发现，夜明珠能发光，和其中含有硫化砷等杂质有关。

科学家们对夜明珠的发光机理、成分构成做了长期的研究。他们发现，自然界有少数几种宝石矿物，受外界能量刺激，如加热、摩擦、通电以及受到紫外光、X 光或阳光等短波光的照射时，会发光——这叫矿物的发光性。这几种宝石矿物，包括某些含杂质的金刚石、磷灰石、重晶石、黄石、白钨矿、锆石和水晶等。它们发出的光有绿、蓝、紫、黄、红等。

在国外，已经有发现发光宝石的多起报道。1982 年夏天，中国也发现了能发光的矿物。地质工程师霍永锵、萧铬林等在广东一个钨矿床发现了夜间能自己发光的萤石。这些萤石五彩缤纷，光灿夺目，其中的浅棕色萤石，能在黑夜中发光。它们虽然只有豌豆般大小，但发出的光却能照亮方圆 5 米的地方。这些萤石虽然不一定是传说中的夜明珠，但是它的发现却为今后寻找真正的夜明珠提供了线索。

现在，科学家们正在对夜明珠进行深入研究，以了解其成分和构造，从而用人工的方法制造出夜明珠。日本、美国和德国的科学家就联合制成了一种人工宝石，其性质与夜明珠极其相似。他们在萤石中掺入硫化砷，在钻石中掺入碳氢化合物。这两种物质在白天被"激化"，到晚上再释放出能量，发出美丽的荧光。其发光持续时间很长，甚至可以永久发光。这一实验成果，在光学上有重大而深远的意义——有可能使人类的夜间照明彻底摆脱能源的限制。科学家们乐观地预测，21 世纪的人类，将逐步过渡到用夜明珠照明。到时，也许人类几千年的夜明珠幻想，将变成现实。

它以反对者命名
——趣味名词泊松亮点

科技成果以发明发现者命名，这已成为一个惯例。那您听说过以反对者命名的科技成果吗？是的，在科技史上确有这样的事。

这还得从"光的本质是什么"的研究说起。

17世纪中叶，法国数学、物理学家笛卡儿（1596—1650）认为，光有微粒和波动两种特性。接着，牛顿系统地提出光是微粒的"微粒说"。意大利物理学家格拉马第（1618—1663）则首先明确在1655年提出光的"波动说"。在1678年和1682年，荷兰物理学家、数学家惠更斯（1629—1695）又两次向

格拉马第

法国科学院提出论文《论光》，使光的波动说形成了系统的理论。这两种互不相让的理论，使许多科学家产生了激烈的争论。

当这种争论持续到1818年的时候，法国科学院举行了一次光学方面的悬赏征文活动。这次活动的题目是：①利用精密的实验确定光的衍射效应；②根据实验，用数学归纳法推导出光线通过物体附近时的运动情况。主持这项活动的著名法国科学家比奥（1774—1862）、拉普拉斯（1749—1827）和泊松（1781—1840），都是微粒说的积极拥护者。他们的本意是想通过这次征文，鼓励用微粒说解释光的衍射现象——它是光具有波动性的证明，以期取得微粒说的"决定性胜利"。

出乎主办者意料的是，当时并不知名的、年仅30岁的法国数学

家、物理学家菲涅耳（1788—1827）以严密的数学推理，从光是横波的观点出发，圆满地解释了光的偏振；并算出与实验结果符合得很好的衍射花样。这使评委们大为惊讶。比奥叹服菲涅耳的才能，写道："菲涅耳从这个观点出发，严格地把所有衍射花样、现象归于统一的观点，并用公式予以概括，从而永恒地确定了它们之间的相互关系。"

菲涅耳

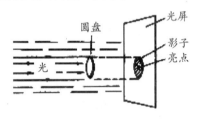

光通过圆盘后形成中心有亮点的影子

当评委泊松在用菲涅耳的方程推导圆盘形障碍物对光的衍射现象时，却得到一个令人奇怪的结果：在盘后一定距离的屏幕上的影子的中心会出现一个亮点！泊松认为这一结果是"荒谬"的：影子中心"应"是最黑暗的地方，怎么会出现亮点呢？于是他声称菲涅耳的理论已被自己的反证法驳倒，因而光的微粒说取得了"胜利"。

正在这时，法国天文学家兼物理学家阿拉戈（1786—1853）也在思考：为什么正确的理论会推出"荒谬的"结果呢？他决定用实验来进行验证。他通过实验证明，确实在屏幕上的圆形阴影中心出现了前述用理论算出的一个"精彩的"亮点——后来被称为"阿拉戈斑"的亮点！

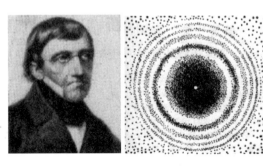

阿拉戈　　　影子放大：中心有"阿拉戈斑"

这一事件轰动了法国科学院，使菲涅耳荣获这一届科学奖。人们却戏剧性地称泊松根据菲涅耳方程算出的、算出后又认为并不存在的亮点，为"泊松亮点"。这一称呼一直延至今日，成为科学史上十分罕见的、以科技成果的反对者命名的物理名词。更有趣的是，悬赏者法国科学院得到了与主观愿望相反的结果——微粒说并不能解释光的衍射现象，衍射现象恰好是光具有波动性的有力证据。

一对持相反观点的科学家，因为对"泊松亮点"的研究，被同时载入科学史册，而其起因则是一次得到与主办者愿望相反结果的悬赏征文活动，这在科学史上也许是绝无仅有的趣事。

这个故事让人铭记不忘的是：真理来自科学、客观研究的末尾，而不是主观愿望或臆想的开头；科学理论（菲涅耳方程）能指导、预言科学的发现（泊松亮点）。

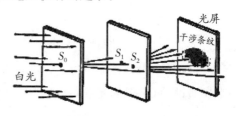

光的干涉现象

菲涅耳生于诺曼底的布罗格里，先以工程师为业，1823年成为法国科学院院士。他在数学上提出过波面理论，在研究光的衍射时提出了著名的"菲涅耳积分"。

光具有波动性，还有其他有力证据——例如光的干涉现象。

"黑"处反比"亮"处热
——红外线的发现

黑暗的地方怎么会比明亮的地方"热"呢？这得从两个世纪前说起。

1800 年以前，人们都知道太阳的"白"光，可以通过棱镜被分解为红、橙、黄、绿、蓝、靛、紫七色光。这个结果，最早由大名鼎鼎的牛顿通过 1666 年的实验得到。100 多年过去，人们再也没有想过，太阳光除了这七色光——还有或没有什么。

出生在德国的英国物理学家、天文学家弗里德里希·威廉·赫谢尔（1738—1822）却"突发奇想"：在这七种可见光的"外"面，即肉眼看不见的区域，也许还有什么"东西"呢！于是他在 1800 年做了下面的实验。

弗里德里希·威廉·赫谢尔

赫谢尔让阳光通过三棱镜之后折射到后面的白色纸屏上——当然也和牛顿一样，得到七色彩带。所不同的是，他还将 9 支完全相同的温度计在每种色区内放 1 支，最后两支则分别放在红光以"外"和紫光以"外"附近的区域。在阳光折射的七彩光照射下，七个可见光区内的温度计温度都升高了，例如红、绿、紫光区各升高 5 ℃、3 ℃和 2 ℃，但紫光外区域的温度却没有升高。他同时还发现，红光以外的区域温度不但升高了，而且比红光区升得还高——达到 7 ℃！这使他大吃一惊——那里并没有光线照射啊!

那么,是不是离红光区更远的区域温度会升得更高呢?于是赫谢尔又将温度计移到离红光区更远的区域,但这时温度计的示值却不再增加,反面降到室温。经过反复实验研究,他终于判定,红光以外附近的区域存在"红外线"——或"红外辐射"。他还用实验证明,红外线不管来自地球、太阳或其他何处,都和可见光一样遵守着折射、反射定律,但比可见光更容易被空气吸收。由于它"不可见",因此在刚发现时被称为"不可见辐射"。

对自己的发现,赫谢尔曾说:"在自然哲学方面,对一般认为是理所当然的东西,加以怀疑,有时是大有用处的;特别是怀疑一旦产生,则消除怀疑的办法往往就随之而来了。"这里提到的自然哲学,就是今天说的物理学。

红外线的发现,被英国物理学家托马斯·杨(1773—1829)在1807年的《讲演》中这样称赞:"这个发现应当被认为是牛顿时代以来所做出的最伟大的发现之一。"

由于人们没有直接看到红外线,所以赫谢尔的发现受到爱丁堡的英国物理学家莱斯利(1766—1832)——差示温度计的发明者的攻击:"它不过是周围的空气而已。"

托马斯·杨

红外线按波长不同还可分为近红外线(波长0.75~3微米)、中红外线(波长3~30微米)、远红外线(波长30~1000微米)三种。任何物体在任何温度下都会不停地向外辐射红外线。

一般来说,物体温度越高,辐射红外线的能力就越强——物体在单位表面积辐射红外线能量的总功率与它自身热力学温度的4次方成正比。利用这一规律可制成红外测温仪器。当一些气体分子的运动频率与红外线的频率相当时，这些气体，例如空气中的二氧化碳、水汽，就会把红外线的能量吸收掉。来自太阳的某些红外线也会被这些气体吸收，而未被气体吸收透过大气的红外线波段，就称为"大气红外窗"或"红外大气窗"。

在大气吸收红外线这一原理的启发下，人们得到了红外线应用的又一成果——红外气体分析。用这一技术可测出空气中的一氧化碳、二氧化碳、氧化亚氮、甲烷、乙烯等气体，这在工业、农业、环境监测、医学检验和其他科研中都有重要作用。

红外线还有热效应强、易透过云雾烟尘的特点。加热、烘干、遥测、遥感、金属探伤、热像仪诊病、导弹、夜视、寻找地热和水源、监视森林火情、预估农作物长势和收成、气象预报、"红外显微镜"（用于测量温度）等，都是它的应用实例。

除了太阳，宇宙中许多天体都辐射出大量的红外线，科学家们把"红外望远镜"发射到外层空间，避免了大气对红外线的吸收，更能准确地探测到这些天体发出的红外线。

赫谢尔发现红外线后，引起了人们进一步的思考：为什么紫光以外区域温度计的示值不升高呢？是不是这里没有不可见光呢？如果有，又是什么呢？又能用什么方法探测呢？

德国物理学家里特尔（1776或1778—1810）是其中别具慧眼的一个。他意识到，用物理方法不能探测紫光外区域的情况——那就用化学方法。1810年，他将一张浸有氯化银溶液的纸片，放在前述七色彩带紫光区域以外附近的区域，经过一段时间后，发现纸片上的物质明显地变黑了。他研究后指出，这是由于纸片受到一种看不见的射线照射的结果；并把它称为"去氧射线"——现在人所共知的"紫外线"。他还正确地确认了各种辐射对氯化银分解作用的大小，实际上就是能量的大小，从而判断出紫外线的能量比紫光的能量要大。

一切高温物体都发出紫外线。它的主要作用是化学作用。紫外线照射能辨出细微的差别，例如可清晰地分辨出留在纸上的指纹。它的荧光效应可用于照明的日光灯和杀虫的黑光灯。其杀菌作用可用于消毒和治病。不过，过多的紫外线有害于人体——照射强的日光、不穿戴防护用品进行电弧焊接操作等，都会对人体造成伤害，应当避免。

通过发现红外线的故事和对比红外线、紫外线不同的发现方式，我们可得到以下知识或启示。

首先，"光"和"热"是两个不同的概念。"光"强不一定"热"大；正因为如此，我们在研究光源时，要的是"热"不大的冷"光"源。"热"大，不一定"光"强；我们使用的红外取暖器，就是如此。

其次，科学发明发现有不同的模式和方法。如果里特尔也按赫谢尔探测紫外线那样，用物理方法来探测紫外线的话，那他将一无所获——赫谢尔未能发现紫外线的遗憾就在这儿。对于懒人来说，常常希望别人告诉他一种"万能"的灵丹妙药，以便敲开科技发明发现或致富之门。我们只能遗憾地告诉他：通向这个门的道路有很多条，但要您自己去走，灵丹妙药要自己去寻！正如一条西班牙谚语所说："'上帝'说，你要什么就取什么，只是要付出相当的代价。"

错误理论引出的发明
——克莱斯特瓶

"啊哟!"随着这由于疼痛的大声尖叫,报告厅第一排的一个志愿者飞速从自己的座位上蹿了出去……

1746 年的一天,美国费城斯宾逊报告厅内坐满了好奇的观众。只见斯别谢尔博士身披一件黑色斗篷——这更增加了神秘的气氛。他拿起一根玻璃棒,在一块绸手帕上擦了几下,然后把玻璃棒靠近一堆小纸屑,突然,由于一种莫名其妙的原因,纸屑都飞起来并贴到玻璃棒上。接着,他又拿起一个"大玻璃瓶",从那里突然迸发出一股长长的强烈的火花。当他用这些令人眼花缭乱的东西接触一个志愿者身体的时候,就出现了前面的尖叫。

接着,博士又用同一方法向一只鸡击去,那只鸡立刻就像遭雷击了似的倒下死去。最后,他又用这种方法将远处的酒精点燃,喷出了炽热的火焰。

看了斯别谢尔的魔术,许多人都被一种莫名的恐怖吓呆了。对表演者的魔力,如醉如痴的观众也更加深信不疑。

当然,类似的特技表演在美国的很多城市里都非常盛行,这些表演大多使用一种最新发明的物理仪器,来满足人们好奇和寻求刺激的心理,借机骗取更多的钱财。

那这种"最新发明的物理仪器"是什么呢?

1669 年,德国化学家贝歇尔(1635—1682)写了一本叫《土质物理》的书。他的书对燃烧有很多论述,因此他和他的学生——德国化学家和普鲁士国王的御医施塔尔（1660—1734），被认为是"燃素说"的共同创立者。

按照燃素说，"火"是由无数小而活泼的微粒构成的物质实体，这种由"火微粒"构成的火的"元素"就是"燃素"。按照燃素说，燃素充塞天地，流动各处；物体燃烧时会推动它，变成灰烬；灰烬得到它，又会复活为可燃物。当然，这是一种错误的学说。

随着古希腊原子论思想的复兴，法国科学家伽桑弟（1592—1655）认为，冷和热分别是由"冷原子"和"热原子"引起的：它们细小而活泼，能渗到一切物体之中。他的观点把人们引向了"热质说"。

按照热质说，"热"是一种没有重量的流质，它不生不灭，存在于一切物体之中，物体冷热取决于"热质"的多少。当然，这种理论同样是错误的。

可就是这两种错误理论的影响，却引出了一个重要的发明。

1729年，在卡尔特修道院领养老金的英国电学家斯蒂芬·格雷（约1670—1736），在一次实验中偶然发现，插在玻璃管端部的软木塞在玻璃管被摩擦带电时也带上了电，能吸引羽毛，于是他猜想这电是由玻璃管"传"来的。后来，他果真用一根挂起来的湿绳子，使电"传"到了24米之外。

1733年，法国巴黎的物理学家夏尔·弗朗索瓦·杜菲（1698—1739）通过实验，发表了《论电》的重要论文，提出了电的二元液体假说，认为存在"树脂电"和"玻璃电"，并认为它们是可在物体中到处流动的流体。

基于燃素说和热质说，以及格雷的"电可传导"、杜菲的"电是流体"的认识，当时的人们认为电是物质中可以到处流动的一种"不可称量的流体"。这一理论认为有两种性质相反的流体——如果一种比常量多（或少）的时候，物体就带电。它驱使人们产生了一种把电贮存到一个容器里的想法——只要这个容器足够大，贮的电就会足够多，就可以把电从一地带到另一地去。这一错误理论，立即引出了"莱顿瓶"的发明。

Johann Gottlob Krugers Geschichte Der Erde In Den Alleraltesten Zeiten (1746)

Johann Gottlob Kruger

2009 年重印的仿真德文原版《地球的历史》

1745 年秋，德国玻美拉尼亚的卡明大教堂副主教克莱斯特（1700—1748）做了一个实验。他把一个细颈玻璃瓶装上酒精（或水银），在瓶口塞上穿有长铁钉的木塞，把外露的铁钉与起电机相连，企图把起电机产生的"电流体"贮存在玻璃瓶中的时候，突然看到铁钉带有很强的电——人靠近时有很强的火花，手触铁钉会感到强烈的电击。

历史上关于克莱斯特实验的最早记载，见德国电学家约翰·戈特洛布·克吕格尔（Johann Gottlob Krugers）在 1746 年出版的《地球的历史》（*Geschichte der Erde*）。这本书有凯辛格出版有限责任公司（Kessinger Publishing LLC）于 2009 年等年份出版的德文仿真重印本。该公司位于美国蒙大拿州怀特菲什（White-

马森布鲁克

fish），是一家专门"按需印刷"稀有、绝版书籍的出版公司。

后来，人们就把这种能贮电的玻璃瓶称为"克莱斯特瓶"。

同在 1745 年年底，荷兰莱顿大学的彼得·范·马森布鲁克（1692—1761）同助手喀奈缪斯也发现类似的现象。马森布鲁克还在 1746 年 1 月欣喜地写信给法国博物学家列奥缪尔（1683—1757）："我想告诉你一个动人心魄的实验……突然，我的右手受到一阵猛烈的打击，全身都在颤抖，好像受到雷击一样……我当时认为一切都完了。"法国物理学家诺莱特（1700—1770）没有理会马森布鲁克的警告，也重做了这一实验，并把这个贮电的瓶子称为"莱顿瓶"。

莱顿瓶即克莱斯特瓶，是一种可贮存大量电荷的电容器。由于贮存许多电荷，可让人产生强烈的电击感，因此，曾产生过一个时期的"莱顿瓶热"。这种电击感使人感到恐怖，以致马森布鲁克曾发誓：即使把全法兰西送给他，他也不再重做这一实验，可是，其他人却"偏向虎山行"。下面就是这股"热"中的几个实例。

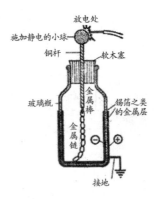

一个莱顿瓶

马森布鲁克的实验

巴黎实验物理学校的教师诺莱特神父给法国国王（1715—1774在位）路易十五（1710—1774）演示的实验是，让180个很守纪律的监狱看守手拉手连成一串，当莱顿瓶向他们放电时，他们在电击下立即惊慌失措、乱成一团。1746年4月的一天下午3时，他还在巴黎女修道院做了一次规模更大的实验：修道院的700个修道士手拉手站成约275米长的一排。结果这些修道士在路易十五和皇亲国戚众目睽睽之下，一反常态，也狼狈地同时在莱顿瓶电击下乱成一团。

英国物理学家威廉·沃森（1715—1787）和其他几个英国皇家学会会员，

一组莱顿瓶

也对莱顿瓶兴趣盎然。他们在1747年成功地把电击送过了泰晤士河：把莱顿瓶与一根跨过威斯特敏斯特桥的金属丝和3个人的身体串联，其中2人在相距400码（约合366米）的河的两对岸把铁棒侵入水中；当电路闭合的时候，3个人都在电击下惊慌失措。

水银闪光揭谜之后
——起电机和霓虹灯的发明

17 世纪后半叶，科学家们在为一个科学之谜烦恼：真空管中的水银为什么会发光？

事情的经过是这样的。1675 年的一天，法国天文学家、测量技师让·费利克斯·皮卡德（1620—1682）同往常一样，仍在巴黎天文台进行观测、研究。当他挪动一台水银气压计，准备把它从天文台

托里拆利

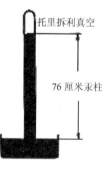

托里拆利真空

76 厘米汞柱

托里拆利实验

运走时，奇怪的事情发生了：在水银上方玻璃管的真空里，突然出现了微弱的闪光。他觉得很奇怪，又将水银气压计摇了摇，证实了他刚才没有看错。后来，人们就将这种闪光现象称为"托里拆利发光"。

为什么称为托里拆利发光呢？意大利物理学家托里拆利（1608—1647）是伽利略的学生。他闻名于世的成就，是 1643 年和伽利略的另一位学生、物理学家维维安尼（1622—1703）在佛罗伦萨做的"托里拆利实验"。这个著名的实验用一根长约 1 米的玻璃管灌满水银后倒立在水银槽内，结果发现管内水银面下降到高出槽内水银面 76 厘米时就不再下降了。这 76 厘米汞柱就是当时大气压的值，而管内水银面以上的"真空"就被称为"托里拆利真空"。由此可见，人们将前述水银

闪光称为"托里拆利发光"就很自然了。

为什么会产生这种闪光呢？许多科学家都想揭开这个谜。

最终揭开这个谜的是英国物理学家弗朗西斯·豪克斯比·特·埃尔德尔（Francis Hauksbee the Elder, 1660—1713）——又名弗朗西斯·霍克斯比（Francis Hawksbee）。经过一系列的实验和研究，他在 1705 年终于发现这

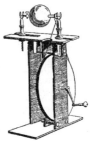

霍克斯比和他发明的起电机

种闪光是由于挪动气压计时，水银与玻璃管内壁摩擦生出的电激发水银蒸气产生的。

既然摩擦会生电，那么不就可以由此制成起电机么？经过几年研制，霍克斯比终于制造出又一种起电机：一个抽空空气的玻璃球可绕轴转动——人用手柄摇，用布帛等物品与这个转动的玻璃球接触，就"摩擦起电"了。他曾用它起电，演示出许多静电现象。

不过，起电机最早却是由德国物理学家格里克（1602—1686）大约在 1660 年发明的。这种起电机与霍克斯比的起电机相比主要不同之处是，他用的是实心硫黄球，而不是空心玻璃球。

在霍克斯比之后，又有许多科学家发明了各种各样的起电机。例如，在 1845 年，德国（一说英国）物理学家戈登（A. Gordon）用玻璃圆筒、瑞士普兰达与英国詹斯登用圆

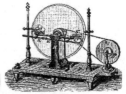

托普勒的起电机　　　霍尔茨的起电机

玻璃板，分别代替玻璃球，使摩擦起电机更接近于现代形态。又如，在 1865 年，两位德国物理学家托普勒（1836—1912）和霍尔茨（1836—1913），又各自几乎同时发明了另一种形式的起电机——静电

感应起电机。经过英国发明家、造船工程师詹姆斯·维姆胡斯（1832—1903）在 1882 年改进之后的静电感应起电机——著名的维姆胡斯起电机（wimshurst influence machine），已经有了现代的雏形，可以产生 5 万伏高压。

既然水银蒸气可以因电的激发而发光，那么，用其他气体，又会不会在电激发下发光呢？进一步，又可不可以由此制成一种灯具呢？

1910 年，法国发明家克劳德（1870—1960）终于做出了这种灯具——霓虹灯（neonlamp）。他在一根抽空的玻

维姆胡斯

装有两个莱顿瓶的维姆胡斯起电机

璃细长管内充入氖气，然后用石墨材料做电极来通电，灯管就发出美

形形色色的氖灯

丽的红光。人们先后发现，充入不同气体，发光的颜色会不同。例如，充汞蒸气，光呈蓝绿色；充钠蒸气或氦气，光呈黄色；充氮气，光呈金黄色；充氢气，光呈粉红色；充二氧化碳气，光呈白色；充氩气，光呈淡紫或红或蓝色；充氪气，光呈黄绿色；充氙气，光呈鲜蓝色；等等。

1910 年 12 月 3 日，巴黎首先点上了克劳德的氖霓虹灯。1912 年，巴黎蒙马特尔大街的一家理发馆首先用这种霓虹灯做广告，以招徕更多的顾客。当今世界，包括霓虹灯、日光灯、节能灯等在内的各种灯具，已经把一座座城镇变成了五光十色的"不夜城"。

爱迪生和特斯拉
——与诺贝尔奖擦身而过

"恭喜！恭喜！"

1915 年 11 月 6 日，《纽约时报》刊登了一条根据路透社从伦敦发来的电讯稿编发的消息，说特斯拉（1856—1943）和爱迪生（1847—1931）将同获当年诺贝尔物理学奖。爱迪生的同事知道这个消息后，都来祝贺他。

第二天，特斯拉接受记者采访时，他告诉《纽约时报》的一名记者说，他没有收到授奖的正式通知，但是他推测获奖可能是因为他发现了不用电线输送电力的方法。他说，这点不但在地球的距离范围内完全能够办到，而且"还可以在宇宙范围上奏效"。

原来，在 1893 年，特斯拉在美国费城富兰克林学院及圣路易斯全国电灯联合会作过报告，详细地讲解和演示了无线电通讯和传送电力的原理。在讲台的一边为一组发射机设备，其中有一台 5 千瓦高压杆装充油式配电变压器，它与莱顿瓶的电容器组相连，还有一个火花隙、一个线圈及一根通向天棚的天线。讲台的另一边为接收机组，其中有一根从天棚上挂下来的同样的天线，相同的莱顿瓶及一个线圈；但没有火花隙，却代之以盖斯勒管。盖斯勒管是 1854 年由德国物理学家盖斯勒（1815—1879）发明的，是一只抽了一些空气的玻璃管。发射机和接收机之间没有连接的导线。发射机通电的时候，30 英尺（1 英尺合 0.304 8 米）之外的接收机组成的盖斯勒管，就像一只现代荧光灯那样被点亮。这是最早的无线电通讯和传递电力的实验。因此，在 1943

年 6 月 21 日美国最高法院裁决案件第 320 卷中，裁定特斯拉提出的基本无线电专利早于其他竞争者，从而推翻了承认马可尼发明无线电的原判。这就是上述特斯拉答记者问时提到的"不用电线输送电力的方法"。遗憾的是，特斯拉没有进一步从实用上研究无线电。

特斯拉接着对记者说，届时战争不再使用弹药，而是使用电波。他肯定地说："我们能够照亮天空，将恐怖的海洋驯服，我们可以将无穷无尽的海水抽出来灌溉良田，让沙漠变成绿洲，我们可以从阳光中吸取能源。"记者问他，爱迪生为什么获奖呢？他很巧妙地回答说，爱迪生应该获得一打诺贝尔奖。

爱迪生此时正好离开旧金山泛美博览会回家。途经奥马哈时，他看到这则路透社电讯时十分惊讶，他也说没接到正式通知。不过，他没有进一步发表意见。

特斯拉的朋友罗伯特和凯瑟琳听到这一消息却并不惊讶，他们满心欢喜。前者立即发信向特斯拉表示祝贺。此时比较稳重的特斯拉回答说，许多人都获得过诺贝尔奖，不过"在技术文献中，至少有四打著作署有本人的名字，这些才是真正的荣誉，而授予我这些荣誉的，不是轻易出错的少数几个人，而是万无一失的整个世界。我宁愿要一次这样的荣誉，也不稀罕今后一千年内授予的全部诺贝尔奖"。

后来，怪事迭出，例如，西方各国报纸期刊，包括一些主要的杂志都看中了这条消息，不加核定就广为传播。《纽约时报》还登了另一篇报道，说特斯拉再次以诺贝尔奖获得者的身份会见记者。此外，《文学文摘》和纽约《电气世界》在 11 月 14 日前付排的内容中，都有爱迪生与特斯拉同获 1915 年诺贝尔物理学奖的报道。就在 11 月 14 日这一天，路透社又发出了一条从斯德哥尔摩传出的爆炸性新闻：诺贝尔奖基金委员会声明，诺贝尔物理学奖将授予英国的布拉格父子，以表彰他们应用 X 光测定晶体结构的成就。

究竟出了什么问题？诺贝尔奖基金委员会拒绝予以澄清，因此，有许多猜测和说法。一种说法是，特斯拉的一个挚友——他曾为特斯拉写过传记，在若干年后说，这位美国籍的塞尔维亚人——特斯拉谢绝了这一荣誉，说他是一位科学发现家，不能同仅仅是发明家的爱迪生共享诺贝尔奖。

那为什么特斯拉不愿与爱迪生共享诺贝尔奖呢？这还得从头说起。

原来，特斯拉在1884年到了"花香草壮，金银遍地"的纽约后，曾在爱迪生的公司工作。爱迪生重视实验事实胜于理论依据，热衷于从实验中寻求解决问题的办法。特斯拉惯于对脑海里闪过的发明念头用理论证明，然后才用实验去检验。这不同的研究风格，使他们产生了隔阂。

两个人之间还有矛盾。1884年的一天，爱迪生要特斯拉对他的直流电动机加以改进，并口头许诺了5万美元（一说50万美元）的奖金。特斯拉发疯似的干了大半年，终于把24台发电机改进完毕，而且安装了自动控制装置，使用了一种已经获

爱迪生的公司

得专利权的独创方案，使直流电动机质量大为提高。爱迪生此时则没有履行诺言——仅仅答应给特斯拉每周增加10美元的薪金。失望的特斯拉，当即愤然离开了爱迪生的公司。

矛盾还不止于此。特斯拉离开爱迪生之后，与在匹兹堡创办西屋电气公司的美国发明家兼金融家威斯汀豪斯（1846—1914）合作，研制交流供电系统。最终在1890年完成了世界上第一个交流供电系统。这一系统最终使爱迪生固守的直流供电系统遭到惨败，这不但使爱迪生受到巨大的经济损失，而且威信也受到极大损害。二人因此成为"不共戴天"之"敌"。

在这种背景下，特斯拉宁可自己不得诺贝尔奖，也不愿与他的"仇敌"爱迪生一起站在诺贝尔奖的领奖台上。

还有另一种说法。另一传记作家说，是爱迪生拒绝与特斯拉共享诺贝尔奖，因为爱迪生有一种"戏弄和折磨别人的脾气"——他明知特斯拉囊中羞涩而迫切需要金钱，故意卡断特斯拉就要得到的几万美元的诺贝尔奖奖金。他自己早已腰缠万贯，财大气粗——对这点钱无所谓。

实际上并没有确切的证据证明，他们当中有谁拒绝接受诺贝尔奖。诺贝尔奖基金委员会只是简单地说，"因为一个人宣布他不打算接受奖励而不授予他诺贝尔奖，这种传闻纯属无稽之谈"；轮不上受奖人对授奖人说三道四，只能是在事情完了之后，如果受奖人不愿意接受，他或她可以表示拒绝接受。基金委员会并不否认特斯拉和爱迪生曾是最先的候选人。爱迪生是名利均已到手，他用不着这样一种荣誉；但是对特斯拉来说，这必定是一次惨痛的挫折。

对于特斯拉当时几乎获奖的原因，后人认为，不仅是因为他在前面答记者问时所说的无线电和无线输电，而且是因为发明了交流输电系统。他在 1888 年就完善了交流多相电力传输系统。1889—1890 年在美国科罗拉多至斯普林斯之间，对无线输电进行了理论指导和实验，他用一台巨型振荡器点亮了距离振荡器 42 千米外的 200 盏 50 瓦电灯。这种说法似乎更符合逻辑：由发明直流输电系统的爱迪生和发明交流输电系统的特斯拉共享诺贝尔奖这一殊荣。

特斯拉也是一位大发明家，他一生共获发明专利 112 项，最重要的发明是交流供电系统和无线电。为了科学研究，他终生未娶。为了表彰他的成就，在他 100 周年诞辰即 1956 年 7 月，设在慕尼黑的国际电工委员会通过正式决议，以他的名字作国际单位制中磁感应强度或磁通密度的单位。

特斯拉不善理财，有时说话不留余地，过于夸张、口气大、故弄玄虚。他也不善交友、不善于言词，爱独来独往，以至于他的经历中的一些问题至今尚未搞清。

1856 年 7 月 9 日到 10 日之间的半夜时分，特斯拉生于克罗地亚里卡省的斯密良小村。1943 年 1 月 7 日 19 时 43 分，孑然一身的他在纽约的"纽约人旅馆"，孤独地与世长辞，唯有那些他不断从街上救活过来的病鸽守在床前，这是这位伟大的发明家的最后一幕悲剧。

爱迪生是众知的"发明大王"，他和他的合作伙伴（最多时达 200 多人）共在专利局登记过近万种发明，获得过专利 1 093（另二说为 1 033 和 1 328）项。

不知道是什么原因，让两位大发明家与诺贝尔奖擦身而过，这在科学史上既是趣事奇闻，也是憾事悲剧。

它使观众撑伞避雨
——电影的发明

"太精彩了，太神奇了！"观众离开剧场之后，还在感叹，"简直让人难以相信！"

"当那匹快马向人群冲过来的时候，我几乎昏厥过去。"一位妇女胆怯地向同伴说。

…………

是什么表演给观众们留下如此深刻的印象？

1895年3月22日，在巴黎"本国工业提倡会"上，公开放映了世界上的"第一部"电影《工人放工回去》——又译《卢米埃工厂下班时》，它是由法国发明家路易斯·让·卢米埃（1864—1948）和他的哥哥奥古斯特·马里·路易斯·尼古拉斯·卢米埃（1862—1954）拍摄的。

卢米埃兄（左）弟

《工人放工回去》片长70米，放映时间接近1分钟，内容是工人们离开工厂大门时的种种情景。卢米埃兄弟洗印这部影片用的设备也很简单——用家里一个普通水桶自己冲洗。

同年12月28日夜，卢米埃兄弟租了在卡普辛大道14号巴黎大咖啡馆的印度厅——一间地下室，摆上100把椅子，使用由他们自己设计、别人为他制造的"活动电影机"公映这部电影和《婴儿喝汤》

《拆墙》《火车进站》《水浇园丁》等简短影片。这些影片采用了人们最熟悉的镜头——城市街道、海滨浴场、行进中的士兵、火车站、公园、工厂等。

这些时间短、内容简单的电影，却像磁石般地吸引着成千上万的观众。在观看时也洋相百出，令人捧腹。例如一个女观众看到银幕上一辆马车被马拉着迎面跑来时，她害怕被压着，就突然离开座位躲避，直到"马车"消失，她才坐回原位。一列火车驶来时，

路易斯·让·卢米埃和他的电影放映机

观众不由自主地惊惶失措，赶紧逃之夭夭。有的观众看到银幕上下起瓢泼大雨，就赶紧撑起雨伞来，以免被"雨"淋坏。于是，就有了故事开头的议论。

今天看来，这些情景似乎太荒唐可笑了，因为我们已经"曾经沧海"，见惯不惊了；但在当时，人们第一次看到电影，这情景很容易被理解——人本能地保护自己，已来不及去思考"真假"的问题。这种情景并非绝无仅有，戏剧动人之处，我们也曾为之下泪——中华人民共和国成立初期演黄世仁欺压杨白劳的戏剧时，一位解放军战士还拔枪怒向"黄世仁"呢！

最早的电影是无声的，因此人们把它称为"伟大的哑巴"——这一称号反映出人们对电影发明的赞许。最早的电影是黑白的，因此人们将它戏称为"黑白世界"。

卢米埃兄弟"首创"用"活动放映机"放映电影，所以世界电影界都把1895年12月28日或3月22日这一天，作为电影诞生之日。

卢米埃兄弟的前述几部影片在1895年首映之后的短短两年中，观众已遍及五大洲，轰动了全世界。

不过，上述"诞生""首创"的说法，在 20 世纪下半叶，经过美国和德国一些专家长期研究后提出了异议。他们认为电影诞生应推前至 1890 年，首创者不是卢米埃兄弟，而是一个被遗忘的天才——路易斯·艾梅·奥古斯坦·勒潘斯（1842—1890）。

他们的研究表明，出生在法国的勒潘斯，毕生大部分时间在美国、英国工作和生活。他 44 岁那年即 1886 年，就在美国申请了一项发明专利——他研制的 16 镜立体摄、放电影机。1890 年，他又对改进后的这项发明再次申请了美国专利，指定他的摄影机只可以有一个镜头。同年 10 月，他用这种单镜头摄影机拍成 3 部电影史上已知最早的影片——《阿道夫拉手风琴，惠特莱一家在奥特伍德庄园跳圆舞曲》《约克郡》和《北利兹》；不久后又拍了著名的《穿越利兹桥的车辆》（片断）。1890 年他曾多次公开放映过这个片断，效果不俗。

1890 年 9 月 16 日，勒潘斯从第戎登上火车前往巴黎，准备远赴纽约展示他的发明成果。但是，他在火车上却神秘地失踪了——巴黎的朋友没有接到他，其他人多方寻找也生不见人死不见尸，甚至连他带上火车的包括电影摄影机、放映机等行李也不见踪影。后来人们推测，一代天才勒潘斯死于谋杀！谋杀的动机，极有可能是夺取他的电影发明专利。

英国作家克里斯托夫·罗伦斯根据以上材料，写成了《鲜为人知的故事——失踪的电影发明家》。其后约在 1990 年，他又主持拍摄了名为《勒潘斯之谜——电影史短缺的篇章》的影片。显然，他的书和电影都企图力证勒潘斯才是真正的电影发明人。

其实，电影和其他许多发明一样，也是经过许多人的努力才得以完成的，也是时代的产物。

17 世纪，一些江湖艺人发明了一种"转画风车"的表演玩具，曾风靡一时。

1824 年，罗吉特医生已经知道人眼的"视觉暂留"现象。利用这一现象，发明家们制成了"惊盘"——用两个相同的黑色圆盘，一个画出人物的分解动作，另一个挖出对应的条形孔，然后把它们装在同一根轴上，当有画的盘转动时，从不动盘的条形孔中就可看到活动的人影了。

1829 年，比利时物理学家约瑟夫·普拉图（1801—1883）发现了"视觉暂留原理"（一个物体在眼前消失后，该物体的形象还会在视网膜上滞留很短的时间），并在 1832 年利用与"惊盘"类似的"法拉第轮"的原理，搞出了一台"活动画筒"——"诡盘"。电影原理由此诞生。

1830 年，美国（一说英国）人威廉姆·乔治·霍尔纳则把"惊盘"装进原来的幻灯机，从而制成了"活动幻灯机"——它又被称为"活动西洋镜"或"活动视盘"。

霍尔纳的活动视盘

1845 年，F. V. 乌恰蒂也把"活动画筒"和幻灯机搭配在一起，获得了可放映的活动图像。1860 年，美国费城的工程师 C. 塞勒斯，曾把摄影术用到"惊盘"上，让贴有 6 幅联结照片的小风车呈现出栩栩如生的人物。

1872 年的一天，在赛马盛行的加利福尼亚州的一家餐馆里，发生了一场激烈的争论。加利福尼亚州前州长（1861—1863 在任）、斯坦福大学的创建者阿马

斯坦福

麦布里奇

萨·利兰·斯坦福（1824—1893）说，马在奔跑时"四蹄腾空"；科恩则认为，"始终有一蹄着地"。斯坦福还拿 25 000 美元做赌注。出生在

英国的美国摄影师埃德沃德·詹姆斯·麦布里奇（1830—1904）为了解决这个争论，最终在试验了5年之后的1878年，让马奔跑时绊断24根细线，从而控制24架照相机的快门拍照片来"了断"——结果科恩赢了。这样，麦布里奇成了第一个把照相术用于活动摄影的人。

麦布里奇的活动摄影，启发了电影机的发明者们。例如，法国巴黎大

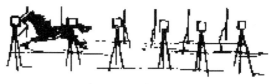

麦布里奇"了断"争论的活动摄影

学的著名生物学家艾蒂安·朱尔·马莱（1830—1904）就受到启发，在1882—1888年期间发明了"摄影枪"——现代电影摄影机的鼻祖"固定底片连续摄影机"。他还成功拍摄了海鸥飞翔和动物奔跑的连续照片。

当然，真正的电影只能出现在快速摄影、实用胶卷、电影摄影机、放映机诞生之后。

1891年爱迪生的电影摄影机和电影放映机

1888—1891年爱迪生和他的助手——出生在苏格兰的美国发明家威廉·肯尼迪·劳里·狄克森（1860—1935）对电影摄影机、放映机的研制和对胶卷打孔后用齿轮牵引的发明，1889年美国柯达公司创使人乔治·伊斯曼（1854—1932）对35毫米赛璐珞胶卷的发明，1887—1891年德国摄影师安许茨（1846—1907）对运动物体可连续、快速拍摄的"电动速视仪"的发明，1895年德国的电影先驱斯克拉达诺夫斯基（1863—1939）和兄弟埃米尔对电影放映机的改进，以及前述卢米埃兄弟根据爱迪生的运动摄影机和E. J. 玛雷摄影机的改进和试验，都为电影正式诞生铺了路。

由上可以看出，无声电影诞生在 19 世纪末。

"伟大的哑巴"直到 1913 年元旦才开始"说话"——爱迪生在纽约一家大剧院用他的留声机为画面配音。但是，电影中罗马时期的英雄勃罗第斯和恺撒皇帝的口形，经常和声音不同步，曾使人捧腹大笑。真正有声的电影诞生于 1927 年——华纳兄弟制片公司推出了《爵士歌王》的有声故事片。从此，电影就成为一种完整的视听艺术进入大众的文化生活之中。著名电影《魂断蓝桥》《欲望街车》，也配了声音。

"黑白世界"变得五彩缤纷的努力始于 1910 年。但高质量的彩色影片直到 1933 年发明、1935 年完善的彩色胶卷和摄影术由利奥浦德·高得斯基和利奥浦德·马尼斯做出之后，才在 20 世纪 40 年代得到。

立体电影在 1935 年已放映，但观众要戴特制眼镜，所以当时意义不大；直到 1955 年以后，伪立体摄影术才得以问世；现代电影将要告别胶卷和片盘而走向数字化。领导这一革命的是美国乔治·卢卡斯。他导演的《星球大战》第一集《幽灵的威胁》，已于 1999 年 5 月开始在美国 4 家数字电影院上演。而在此前的 1953 年，第一部宽银幕电影《祭服》问世；1976 年，苏联电影科学研究所则放映了可供数十人观看的全息电影。

情人节里的"单身汉"
——磁单极子何处寻

大自然真是一个和谐美妙的矛盾的统一体——有男就有女，有电子就有正电子。阴阳对立统一、雌雄对立统一——谱成了大自然动人的乐章。

1820 年，丹麦物理学家奥斯特（1777—1851）发现了电流的磁效应，这就证明了人们此前猜测并笃信的"电磁同源"或"电磁相依"的哲学思想。

后来，在 1897 年和 1932 年，英国物理学家约瑟夫·约翰·汤姆森（1856—1940）和美国物理学家卡尔·戴维·安德森（1905—

奥斯特

1991）分别发现了电子和正电子。电子和正电子不但可以结合在一起（形成一个光子，称为 γ 光子），而且可以单独存在——这对"情人"是可分可合的。

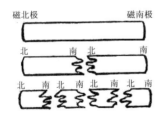

不管怎么分，磁体总有两个极

既然"电磁同源"，电和磁有某些相似性，那电荷有正负之分、磁极有南北之别，不就意味着磁极也可以像电荷那样单独存在么？

那么，磁极的"单身汉"——"磁单极子"是否的确存在呢？人们开始做实验。他们将一根具有南北极的磁棒一分为二，奇怪的是，这时不是得到两根各具有一个极的磁棒，而是得到两根各有南北两个极的磁棒！这时，人们大声质问苍天：电磁相似性到哪里去了，自然界的对称性到哪里去了，有没有只有一个极的磁棒，"磁单极子"到哪里找寻？

自从 1931 年英国物理学家狄拉克（1902—1984）预言磁也应有基本"磁荷"——磁单极子以来，人们寻找了 50 来年，仍一无所获。不过人们却执着依旧——既然有基本电荷，必然会有基本磁荷，找到磁单极子只是时间早迟的问题。

这一天，似乎终于来到了。1982 年 2 月 14 日 1 点 53 分，美国斯坦福大学的布莱斯·凯布雷拉在研究宇宙射线时，利用他精心设计的一个超导线圈发现了一个游荡在宇宙空间的磁单子。他还声称，平均每隔 151 天就能观测到一次这种磁单极子。他的实验原理是：在完全屏蔽外界磁场的铅圆筒中，放置低温超导线圈，平时在线圈内没有电流，当磁单极子进入铅筒，穿过线圈时，由于电磁感应原理，会产生感生电流。他由实验所得的数据，跟用磁单极子理论计算的结果符合得很好。次年 5 月消息公开后，人们觉得这太有意义和有趣了。它的意义将在后面谈到，它的趣味在于 2 月 14 日正好是西方一年一度的"情人节"，在应该"成双成对"的情人节里竟发现一个"单身汉"，一时在科学界成为趣谈。

不过，这事很快就被人们淡化了，因为凯布雷拉没有能再次观察到那次实验中观察到的现象。换句话说，他的实验没有"可重复性"。可重复性是设计实验必须遵守的一条基本原则，因为事物规律的一个表现，就是在相同的条件下能够不断重复出现。能重复出现说明实验真实可靠，不能重复出现说明实验可能有误。总之，他的发现不能被由他设计的实验所证实。

又过了大约 3 年，英国伦敦帝国学院的科学家们宣称，他们的探测器在经过 1 年的工作之后，在 1985 年 3 月获得了一个磁单极子飘过时应有的讯号。不过，他们也认为，其他物理效应也可能在该仪器中出现类似讯号。他们还要做排除这些效应的试验，方能确证有磁单极子。这一实验也不能确证磁单极子存在。

这两起事件并不是仅有的似乎发现磁单极子的例子。早在 1973 年 9 月，美国加利福尼亚大学和休斯敦大学组成的联合科研小组在做高能宇宙线实验的时候，就从照片中发现了一条游离度很大的径迹。经过

箭头指的是游离度很大的径迹

近两年的分析研究，他们认为这就是磁单极子的轨迹。这一消息公布后，当时也引起了轰动，但也招来了异议。有的物理学家指出，原子序数接近 96、速度为光速 0.72 倍的超重宇宙射线粒子也可能产生这种径迹；还有人认为，这种径迹也可能是重原子核在检测器中受到其他原子核的作用后产生的。总之，上述径迹不能证明磁单极子的存在。这场"虚惊"也有益，它使前述凯布雷拉审慎地推迟 1 年多才发表其成果。

虽然这么多年没能找到这位神秘的"单身汉"，但人们却矢志不渝。从岩石中、从宇宙射线中、从加速器中去找寻，而且还更深入地探讨磁单极子的理论。

那么，人们为什么要对这位推测在宇宙初期形成的、残存数很少且游离在广袤宇宙中的"单身汉"如此"钟情"呢？这还得从头说起。

理论上预言的磁单极子的磁感应强度，大约是电子磁场的 137 倍——可见磁场很强。举例来说，在距离一个磁单极子 1 厘米处，磁场是 3×10^{-12} 特斯拉，而目前探测磁场的精密度已超过 10^{-15} 特斯拉——这就完全可以探测到它的磁场。两个磁单极子之间的作用力，大约是一个电子和一个质子间引力的 1.8 万倍！磁单极子还有一个有趣的性

质，它受反磁物质排斥，与顺磁物质相吸引——与一般磁铁并不排斥反磁物质有所不同。它的质量则还在探索之中。例如，早先说为质子质量的200倍，1974年苏联物理学家颇拉科夫和芬兰物理学家特·胡夫特则认为超过质子质量的5 000倍，而现今的大统一理论则说是质子质量的$10^{15} \sim 10^{16}$倍。

如果发现了磁单极子，这将在理论和实践中都有重大的意义；但是，这非常困难——它约在4×10^{13}立方米的宇宙空间中才有一个。

在理论上，麦克斯韦的电磁场理论将要被修改，因为他的电磁理论方程组中有一个方程是反映自然界中不存在磁单极的；电荷的量子化将得到很好的解释；人们将从新角度来审视各种守恒定律；电荷和磁荷组成的系统会出现新特性。此外，人们对太阳的两个磁极竟在一年中有几个月极性变得相同的现象，也许可以做出正确解释。

在科研中，可用磁单极子建造比目前的加速器能量高得多的粒子加速器。例如，估计一座周长为两米的这种加速器，其性能可能超过目前周长约900米的加速器。这显然会给粒子物理的研究带来许多好处。

在工业中，可用它造出小型、高效的电动机和发电机，而这些超小电机是人造假肢、人工智能梦寐以求的驱动设备。有人甚至设想，如果有办法控制磁单极子的场强和极性，人们可以利用它在地球磁场中的势能推动船舶航行，也可用它开发新的能源。

在医学上，可以用它治疗当今药物不能完全治疗或不能治疗的疾病，例如癌症。

总而言之，如果发现磁单极子，将会在物理基础理论的发展上，甚至在整个科学、哲学上都有重大意义和影响，也将对技术的发展产生很大的影响。

磁单极子问题，至今还是一个难题——在1997年第5期中国的《自然杂志》上，就把它列为当今97个物理难题中的第69个。

镇定勇敢的报偿
——化解核灾难和飞机脱险

　　一枚原子弹即将爆炸。能有"超人"挺身而出，置生死于不顾、镇定自若去掰开原子弹，从而避免一场核灾难吗？

　　历史上确曾有人这样干过。这听起来也许十分荒唐，但确有其事。这位"超人"就是加拿大核物理学家斯罗达博士。

　　第二次世界大战期间，德国人用闪电战吞并了大半个欧洲，每天都有数以万计的人被屠杀。日本鬼子侵略中国和东南亚，还偷袭了美国的珍珠港。面对这两个疯狂的强盗，各国都想研制一种新武器来对付他们。

　　"临界状态"是原子弹引爆的关键。原子弹的核装料（例如铀和钚）装置，平时要保持亚临界状态——低于"临界质量"，以确保安全；而在爆炸时，又必须使核装料迅速达到高超临界状态——高于"临界质量"，以实现链式裂变反应。

1945年美国制造的世界上第一批三枚原子弹之一"瘦子"

　　要实现从亚临界到高超临界状态的转变，有两种方法。一是积木式的拼凑法，比如把核爆炸装料分成两块（或三块），每块都小于临界质量，但如果合起来就大于临界质量。平时两块（或三块）分开放着，每块都处于亚临界状态，不能发生链式反应；如果将它们迅速地合起来，就组成了一块高超临界的核装料，就会立即发生裂变而爆炸。第二种方法叫压紧法，利用普通炸弹的爆炸力把分散的浓缩核装料挤压到一起，使它超过临界质量而爆炸。斯罗达博士等的试验，就是在探索和解决这种引爆的问题。

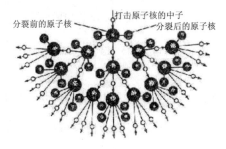

打击原子核的中子
分裂前的原子核
分裂后的原子核

原子核的链式反应

一天，斯罗达博士正在实验室里主持着引爆原子弹的试验工作——与同事们研究两块被放在轨道上的浓缩铀对合的临界质量。就在这时，一场意外的事故发生了。拨动铀块的螺丝刀突然滑落，两块铀在轨道上面对面滑动，距离越来越近。就在两块铀即将滑到一起的千钧一发之时，斯罗达奋不顾身地用双手把它们掰开了。

这铀块就是原子弹的"核"，只要合到一起，瞬间就会达到超临界状态而发生猛烈爆炸。斯罗达用自己的镇定和勇敢避免了一场极其可怕的灾难。

铀是一种强放射性物质，斯罗达这位优秀的科学家为了避免这场爆炸的灾难，受到高剂量的致命辐射，出事之后的第9天，他就离开了人世。加拿大政府和人民为了表彰这位优秀科学家对人类所做的贡献，把他誉为"用双手掰开原子弹的人"。

斯洛廷

不过，对于上述被"戏剧化"了的故事，有另一种不尽相同的真实版。故事的主人叫路易斯·亚历山大·斯洛廷（1901—1946），是加拿大核物理学家、化学家。他在洛斯阿拉莫斯国家实验室从事铀和钚的临界质量的试验工作（"曼哈顿计划"的一部分）。1946年5月21日，他忽然不小心用螺丝刀启动了裂变反应，随后就果断地分开钚和反射层（而不是铀）。由于他的迅速反应，成功防止同事们的死亡，故被美国政府誉为英雄；但他却因为受到致命的辐射，在 9 天后的 30 日不幸辞世。

用镇定和勇敢避免可怕灾难的，还有一位飞行员。

1982 年 6 月 24 日夜，一架"波音 747"的轰鸣声响彻雅加达上空——这是英国航空公司由伦敦飞往新西兰的 009 次班机，前方站是澳大利亚的佩思港。

下午 8 点 40 分，飞机副驾驶员格里夫斯基突然看到风挡玻璃上出现一簇绿色的火花。接着，透过驾驶舱右侧的玻璃，他又看到右侧的两台发动机燃了起来——犹如燃烧着的镁箔那样耀眼夺目。与此同时，机长莫迪也发现左侧两台发动机喷发出明亮的火焰——这是他飞行生涯中所碰见的最怪异的现象。

在客舱里，239 名乘客和 8 名婴儿对这些怪异现象一无所知——他们跟往常一样，各自干着自己的事情。事务长亚伯里在后客舱忙着帮助服务员架设屏幕，准备放电影。这时，他突然嗅到机舱里有一股焦味——怀疑是哪位乘客不小心把香烟头掉在地毯上了。办事认真的亚伯里和服务员一起检查了每一个座位，结果一无所获。然而，烟雾却越来越浓，客舱组长不得不跑到驾驶舱，把这紧急情况报告给莫迪。几乎同时，随机工程师汤利也报告说："四号发动机停车。"30 秒钟后，他继续报告，"二号发动机停车""三号、一号也停了"……

当发动机全部停车以后，总共 290 吨的飞机所处的险情可想而知——从 11 300 米的高空开始下滑。机组人员懂得，高度就是生命，一旦飞机完全失去了高度，就会机毁人亡。

莫迪有 17 年的驾驶经验，但他也弄不清飞机到底出了什么差错。过去，发动机停车多数是防冰和燃油系统的错误操作造成的。可现在飞机一切正常。

莫迪企图重启发动机，但毫无作用——他向窗外看了一眼，发动机仍是"死猪一条"。

莫迪并没有慌乱——凭着他的高超技术，客机已安全滑行了整整13分钟。不过，现在最多只留有6分钟的时间，接下来客机就要轰然坠地了。

不过，当莫迪把视线重新落在仪表板上时，他惊呆了：发动机仪表的指针晃动了一下。伴随着一阵巨响，四号发动机重新启动。80秒钟后，三号发动机也启动了。接着，一号、二号发动机，也带着低沉的轰鸣声苏醒了——莫迪听到了一生中最悦耳、最令人兴奋的噪声。

9点20分，这架客机终于安稳地在雅加达机场着陆。

那么，谁在"导演"这场"惊险悲喜剧"呢？

事后的调查，使这次航空史上罕见的惊险有了完满的答案：西爪哇岛上的一座活火山——格隆贡

惊险悲喜剧的"导演"——格隆贡火山

山，在飞机飞过其上空的90分钟前爆发，把大量火山灰喷上高空。火山灰被吸进飞机的空调系统，进入了客舱而出现了烟雾。尘粒撞击挡风玻璃产生了静电，形成了绿色的火花。灰尘被吸进发动机后，就像用黄沙灭火似地熄掉了发动机。当飞机下降到一定高度时，空气洁净了，发动机重新启动……

唯它独有两副脸
—— "L" 的趣味身世

1984 年 2 月 27 日，中国国务院发布了《关于在我国统一实行法定计量单位的命令》，规定从 1991 年 1 月 1 日起正式实行法定计量单位。在由国家计量局制定的法定计量单位中，规定计量单位的符号，如果来自于人名时，第一个字母要大写，否则就全部小写。

但是，却规定有一个"特殊人物"可以搞"特殊化"。"它"是谁呢？它就是体积或容积的单位"升"的符号"L"或"l"——唯一既可合法大写，也可合法小写的法定计量单位符号。

那为什么只有它可以"特殊化"，具有"两副面孔"呢？这还得从头说起。

国际计量大会有这样一条规定：一个单位的符号第一个字母要大写，这个符号必须能代表某一位在这一领域有卓越贡献的科学家的姓名。例如，"N"代表"牛顿"成为力的单位的符号；"Pa"代表"帕斯卡"成为压强的单位的符号，等等。照此规定，如果把"升"的符号定为大写字母的话，就必须找到一位在体积或容积方面做出过重大贡献的科学家，否则就只能用小写字母。那么，人们找到了这样一位科学家没有呢？

没有找到——长期以来都没有找到。所以，在 1879 年国际计量委员会给"升"的符号是小写的"l"，直到 1948 第九届国际计量大会在《决议》所通过的"单位符号书写的一般原则"中，也还这样规定哩！

规定倒是容易的，但用起来却遇到了困难。你看，小写字母"l"

与数字"1"多么相似啊！这样，就难免给读者造成辨别上的困难。例如，"51"究竟是代表"5升"呢，还是代表"五十一"呢？

在这种情况下，一些国家就用大写"L"代替小写"1"作为"升"的符号。从此，就出现"升"有"两副面孔""L"和"1"的局面。

为了使这种"非法"行为"合法"化，在1976年召开的第16届国际计量大会《决议6》中，已规定"允许两个符号'1'和'L'作为单位'升'现行的符号"，因此，以国际单位制为基础的中国法定计量单位，采用"两副面孔"也就很自然了。

显然，这种大小写并存的局面让"万物之灵"尴尬不已，因此，上述《决议6》还指出，"并考虑将来只保留这两个符号中的一个"，同时"要求国际计量委会员根据这两个符号使用中的发展情况，在1987年的第18届国际计量大会上提出废除其中一个的意见"。

那么，废除哪一个好呢？显然废除小写字母更好，但是，这又出现了一个新的问题——出自人名单位的字母才能大写的规定就有了例外——搞"特殊化"总是不好的。不过，经过科学家们"踏遍青山"之后，问题得到了解决——人们终于找到这样一位"称职"的科学家。

美国米制协会提出，为纪念在容积方面做出重要研究、有重大贡献的法国科学家克劳德·埃米尔·琼－巴普蒂斯特·利特尔（Claude Émile Jean－Baptiste Litre，1716—1778），应该用"L"作为"升"的符号——利特尔（Litre）的第一个字母"L"。

那么，利特尔是否确能"当之无愧"地担此"重任"呢？能。

1736年，利特尔迁往美国科特角桑威奇市之后，就在一家儿童玻璃用品厂当顾问。他结识了当地一个名叫乔赛亚·巴雷尔的大商人。当时巴雷尔正为装一种橘子缺乏合适的定量容器而发愁，因为市场上只有一种容量为1蒲式耳（约合35升）的筐。用这种筐装橘子时，橘子会从筐的板条缝中漏出来。利特尔就帮他精心设计制造了一种适合装运橘子的定量桶，巴雷尔对此大为赞赏。

几年以后，利特尔回到法国，开厂造化学容器，发了大财。在 18 世纪 70 年代，他几乎垄断了法国市场，他所制造的量筒和滴管因容量准确而畅销全欧。1763 年，他的容积方面的权威著作《容量研究》出版发行。鉴于以上理论和实践上的对容积研究的重

利特尔，升的符号 L 的来源

大贡献，英国皇家学会在 1765 年还特地为他颁发了一枚金质奖章。

这样，人们用"L"作"升"的符号，就"合理合法"了。

那么，1 升是多少呢？历史上曾至少有三次大的规定变更。法国人在创立米制时，规定为"每边是 0.1 米的立方体的容积"；而在 1895 年的国际计量大会上又规定为"1 000 克水的体积，量值为 1.000 028 立方分米"；这个"麻烦"的"零头"，终于在 1964 年的国际计量大会上被砍掉，规定"1 升 = 1 立方分米"。

实际上，上述故事中的利特尔，是根本就不存在的虚构人物。

原来，一个名叫《CHEM 13 新闻》（*CHEM* 13 *News*）的双月刊杂志，在 1978 年 4 月出版的第 2 期第 1~3 页上，发表了署名"肯尼斯·伍尔内尔"（Kenneth A. Woolner）的文章《克劳德·埃米尔·琼－巴普蒂斯特·利特尔》，介绍了利特尔的生平。接着，该文的主要内容被国际纯粹与应用化学联合会（International Union of Pure and Applied Chemistry，简称 IUPAC）的通讯转载，之后还被各种媒体广泛转载。不过，"伍尔内尔"在 1988 年 9 月出版的《CHEM 13 新闻》第 5 期上，讲述了他编造的、介绍利特尔的"愚人节恶作剧故事"。

愚人节的恶作剧故事，也能成就一件区别"1"与"l"的"大好事"，这不能不说是科学史上的轶闻趣事！

被中香炉、透光铜镜和鱼洗

——神奇的古中国器物

现在，我们用空调或输送的暖气取暖，那古人呢——那时没有空调和暖气啊！

有办法。用一个"火笼"——它的里面装着被点燃的木炭，放在长衫里或用手提着，或者塞进被窝。其实，在中国许多地方，都有这种"火笼"。

这种"火笼"也有一个致命的缺点——里面装的木炭会因为不小心打翻而引起火灾。

那么，有没有既能取暖而又安全的装置呢？

中国古书《西京杂记》说，西汉皇帝（公元前141—前87在位）汉武帝刘彻（公元前156—前87）时，首都长安有一位

被中香炉

叫丁缓的巧匠，他制成了当时已经失传的"被中香炉"（又名"卧褥香炉"或"熏球"）。在香炉中贮存着香料，点燃以后，放在被褥之中取暖，即使随意滚动，香炉都能始终保持水平状态，不会倾翻，香火也不会倾撒出来。

这种巧妙的香炉到底有没有呢？是不是《西京杂记》的作者夸大其词呢？这个不解之谜，直到1963年才被揭开。这一年，考古工作者

在汉唐的古都西安发现一处窖藏，在 200 多件金银器皿中，发现了好几个被中香炉。人们在研究了它的构造以后，才有了答案——确实像《西京杂记》上说的一样。

原来，这种被中香炉是一个银制的高约 5 厘米的球形炉子。外壳由两个半球合成。壳上镂刻着精美的花纹，花纹间有空隙，借以散发香气。球壳内部装有大小两个环，大环装在球壳上，小环则套在大环内，两个环的轴相互垂直。置入香料的金碗又用轴装在内环上，并使金碗的轴与两个环的轴都保持垂直。由于这三根轴互相垂直，不论香炉的外壳如何滚动，置放香料的金碗在重力的作用下，能始终保持水平状态。

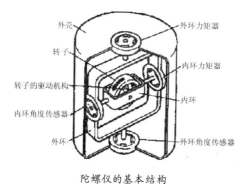

外壳
外环力矩器
转子
内环力矩器
转子的驱动机构
内环
内环角度传感器
外环
外环角度传感器

陀螺仪的基本结构

在《西京杂记》的记载中，丁谖还不是被中香炉的发明人，只是将失传的事物再行创造出来。由此可见，被中香炉的发明还要早于丁谖活动的年代（公元前 140—前 80）。在西方，直到公元 1500 年才由意大利科学家达·芬奇提出类似的设计——比我们的祖先最少晚了 1 600 年。

"真理的旅行，是不用入境证的。"居里夫妇的女婿弗雷德里希·约里奥·居里（1900—1958）说。1852 年，被中香炉完成了跨越国界的两千年旅行——在这一年，法国科学家傅科（1819—1868）制成了一个能显示地球转动的陀螺仪。从 1914 年开始，陀螺仪作为惯性基准构成了飞机的电动陀螺稳定装置。

透光铜镜

陀螺仪在现代的宇航、航空、航海事业中，已经扮演了重要的角色，但是，当陀螺在飞速旋转的时候，需要有支架给以支撑。最简单的陀螺仪，就是依靠这种"万向支架"来支撑的。在这种仪器中，由于有万向支架的支撑，可以让陀螺的转轴指向任意方向。现代陀螺仪中的万向支架的构造原理，竟与被中香炉不谋而合！

除了被中香炉，我们勤劳智慧的祖先还发明了许多神奇的小器物。"透光铜镜""鱼洗"和"欹器"，就是其中著名的三件。并不透光的透光铜镜，可以从正面看到它背面的图形。摩擦鱼洗的边沿，它装的水就可以像喷泉一样喷射起来。汲水用的欹器底部是尖的，其中水的多少决定着它的姿态——"虚则倾""中则正""满则覆"。

鱼洗

欹器

冤屈被洗白之后
——争论引出镉的发现

"这还了得！简直是光头打伞——无法无天！"弗里德里希·斯特罗迈厄（1776—1835）大发雷霆，对他的随行人员说。

斯特罗迈厄是谁，他为什么要火冒三丈？

斯特罗迈厄是德国哥廷根大学的教授、汉诺弗州药商视察专员、著名分析化学家。1817 年秋天，他风尘仆仆地赶赴希尔德斯海姆视察。一到这里，他就发现几个城市的部分药商都用碳酸锌代替氧化锌来配药。按当时《德国药典》的规定，这种"侵害消费者权益"的行为，是绝对不允许的。作为视察专员的斯特罗迈厄，当然要大发雷霆，于是就对随行人员说了前面那句话。

斯特罗迈厄

斯特罗迈厄决心制止这种"不法行为"。但是，作为一个化学家，他还需要进行科学方面的思考——药商们为什么要用碳酸锌代替氧化锌呢？碳酸锌很容易通过加热煅烧就得到氧化锌了呀！"咦，这里一定有什么文章。"他带着疑问开始了实地调查研究……

经过一番调查，斯特罗迈厄终于找到了这些药商的碳酸锌的来源——出自萨尔兹奇特的地方化学制药厂。他立刻在萨尔兹奇特查出，此地的碳酸锌一经煅烧，就变成了黄色的"氧化锌"，继而变成橘红色的"氧化锌"。这当然就不合格了——我们知道，氧化锌俗名锌白（或锌氧粉），是白色的晶体或粉末，而不是黄色或橘红色。

赫尔曼

为什么会有这种变色呢？制药厂的负责人说不清楚，斯特罗迈厄也觉得十分奇怪。在这种情况下，他只好把这里的"碳酸锌"交给德国东部城市马德堡的医药顾问 J. C. H. 罗洛夫检验。罗洛夫把它用硫酸溶解，通入硫化氢，发现溶液中析出了鲜黄色的沉淀。罗洛夫疑心顿起——这沉淀不是大家熟悉的药物兼剧毒物雄黄（硫化砷）么！他毅然断定，这家工厂里的碳酸锌含有剧毒物质。于是制药厂的全部碳酸锌被没收一空。为此，罗洛夫还撰写了一篇检验报告，在《医学杂志》上发表。萨尔兹奇特厂的厂主、德国化学家卡尔·塞缪尔·勒贝勒希·赫尔曼（1765—1846）见此情景，甚为紧张。为了挽回药厂的信誉，他耐心细致地对本厂的碳酸锌进行了分析，结果没有发现砷——雄黄里必然含有的砷。

不可避免，双方发生了一场激烈的争论。

与此同时，斯特罗迈厄也把萨尔兹奇特厂的碳酸锌带回哥廷根大学进行了化验。他与罗洛夫做了相同的实验，得到了相同的结果。他没有断定那就是雄黄，而是做了进一步的分析。后来，他用盐酸把这种鲜黄色沉淀溶解了，又加热蒸干溶液，去掉过量的酸之后，再把残渣用水溶解，并加入过量的碳酸铵，结果仍然有一部分白色沉淀没有溶解。他再把这种沉淀洗净，焙烧成氧化物，结果得到的是褐色粉末。这时，他已经敏锐地预料到，这种褐色粉末极可能是一种未知元素的氧化物。他把这种褐色粉末和烟炱混合，放在曲颈瓶中加热。冷却后，他发现，混合物中出现了一种带有光泽的蓝色粉末。遗憾的是，得到的粉末太少，他没能继续做深入研究。

此时，赫尔曼与罗洛夫还在为碳酸锌中是否含有砷的问题争论不休。虽然罗洛夫经过再度实验也对自己最初的结论有所怀疑，但他仍然固执地坚持错误的结论。海尔曼为了这件事，已经被弄得筋疲力尽。无奈之下，他把西里西亚出产的碳酸锌、那种貌似雄黄的沉淀物，以及从其中还原出来的金属一起送交给斯特罗迈厄，请他仲裁。斯特罗迈厄很快做出判断：从西里西亚出产的碳酸锌中提取到的那种金属，是一种尚未为人们知道的新元素。由于它经常与锌共存，于是就根据锌矿中的"菱锌矿"（英文名 Cadmin，来自拉丁文 Cadmia）命名这个新元素镉（Cd，英文名 Cadmin）。

从此，赫尔曼药厂的冤屈终于得到洗白，生意又兴隆起来。

一般认为，赫尔曼也是在

含镉物质的标志

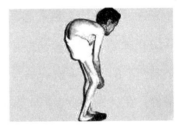

镉中毒的骨痛病患者

1817 年独立发现镉的，不过，对于谁最先发现单质的镉，也存在争议。

镉是一种熔点为 321 ℃的、有韧性和延展性的银白色金属，主要用在电镀中，在电池和原子反应堆中也有用途。著名的伍德（Wood）合金和利普维茨合金（Lipowitz），也用到镉。伍德合金的组成是铋:铅:锡:镉=4:2:1:1，熔点只有 69～71 ℃；普维茨合金的组成是铋:铅:锡:镉=15:8:4:3，熔点只有 60～65 ℃。两者都可以用来做电路的保险丝。

镉及其化合物都有一定的毒性，吸入氧化镉的烟雾，就可能急性中毒。

致命的"氧化"

——从大船着火到"核泄漏"

在公元前 3 世纪,罗马人统一了意大利半岛,然后迅速发展成地中海西部的强国。为了实现称霸地中海的野心,古罗马战船多次跨海渡洋,战事频频。

一次,古罗马人的舰队驶进红海后,一艘满载粮草的辎重船,突然冒出滚滚浓烟,紧接着火烧连营,补给船翻沉大海。失去粮草后盾,罗马远征军不战自退、无功而返。随后的调查证实,从船长到伙夫都不在现场——谁也说不清这场神秘的大火是如何烧起来的。

后来,化学家们分析,这桩神秘"纵火案"的"罪犯"是氧气。密封船舱内的粮草一直在发生氧化反应,而氧化反应中释放的热量难以散发出去,使船舱温度不断攀升,最终达到粮草着火点,引发自燃。

无独有偶,这种粮草自燃现象在 2 000 多年以后在舰船上再次发生。

1854 年 5 月 30 日傍晚,英国皇家海军"欧罗巴"号战舰舰长奉命立即驶往某地执行一项紧急战斗任务。这次战斗任务十分特殊,军舰还必须另外加载 60 名骑兵和 60 匹战马。由于这一次远航,还得同时带上足够的饲养战马的草料。因军舰本来是一艘战斗舰,货舱不大,所带的草料只好勉强储藏在弹药舱隔壁的一个狭小货舱里。草料多,货舱小,整个货舱被装得严严实实的。

军舰在夜幕中驶离基地,两昼夜过去了,军舰的航行活动正常。就在第三个夜晚到来时,事故发生了。

这天傍晚,水兵和骑兵们晚饭后,就来到甲板乘凉、散步。夕阳西沉，万顷碧波被落日映成紫色，波浪被余晖射成银花，光华灿烂。此时此刻，伫立在甲板上，迎着习习凉风，观看着这美丽的晚霞，真使人心旷神怡！

正当水兵和骑兵们陶醉于这迷人暮色的时候，忽然值勤的水兵一声惊叫："货舱起火了！"火光就是命令，原来在甲板上悠闲的士兵们有的提水桶，有的端脸盆，一起向着起火的货舱涌去。这无济于事——当士兵们刚赶到起火现场时，还来不及送水，就"轰隆"一声，草料隔壁的弹药库爆炸了。顷刻间，整艘"欧罗巴"号战舰被包围在一片火海之中，不久就埋葬于海底。战舰上的军官、水兵和骑兵、战马无一幸存。

英国皇家海军司令部保安部门对"欧罗巴"号战舰"纵火案"十分震惊——起航是秘密进行的，情报无法传到敌方，不可能遭受敌舰袭击；从舰长接受命令到战舰起航这段时间只有1个多小时，战舰内外合谋"纵火"也很困难。那"纵火犯"是谁呢？

后来，专家们根据保安部门提供的现场案情材料分析，一致认为"纵火犯"是储藏在小货舱里那批饲养战马的草料——氧化引发自燃。

草料会氧化引发自燃，那么，如果不是草料，又会不会呢？也会的。

19世纪末，英国一家以氯酸钾为原料制取氧气的化工厂着火爆炸，竟将一台钢铁制造的卷扬机烧成灰烬。按"理"，出事现场的卷扬机最多被炸成碎片，但却发现它已经化为乌有。

1979年9月17日，一艘载有多孔铁矿石的希腊货轮，在美国东部的纽黑文港停泊时突然发生原因不明的大火，货轮上多孔铁矿石在大火中烧成灰烬。

1981年6月9日，巴拿马货轮"塞尼克斯"号停靠在印度维沙卡帕特南港，船员全部上了岸。突然，装满50万吨多孔铁矿石的船舱内蹿出了火苗，很快形成燎原之势，消防队员整整花了一个月时间才将大火扑灭。

原来，这三次牵涉到铁的燃烧或爆炸，也是由同一原因——氧化造成的。区别仅在于氧化反应的程度，有时"和缓"，有时"剧烈"而已，所以造成的危害也不尽相同。

氧化还酿成一次次的"化学灾难"。1983 年，西班牙卡伊纳镇一所学校地下的煤气管道老化出现裂缝，造成煤气泄露。接着引起的爆炸造成 50 名在校学生和 3 名教师死亡。1984 年 12 月 3 日凌晨，印度帕博尔市北郊的一家美国农药厂发生毒气泄露，1.8 万升有剧毒的碳氢化合物很快蔓延到全市，造成 3 000 多名熟睡的居民长眠不醒，18 万人严重受伤。原因是剧毒的碳氢化合物从管道上的一个小裂缝中喷射出来。1992 年，墨西哥的瓜达拉哈拉市，汽油从一处管道裂缝中射出，接着发生爆炸，一段路面被炸飞，300 多过往行人死于非命。

氧化还酿成过"核灾难"。2004 年 10 月 9 日，日本福井县关西核电站含有核物质的蒸汽泄露，造成 4 人死亡，7 人受伤——这是日本近年来发生的最严重的一次核泄漏事故。事故原因，竟是三号核反应堆配水管道上的一个小裂缝。

上述三次"化学灾难"和一次"核灾难"，都是管道裂缝引起的。铁或碳钢管道与不锈钢管道相比，更容易被氧化腐蚀而出现裂缝，恶性事故就发生了。

2002 年，美国工程腐蚀协会的调查表明，腐蚀对基础设施造成的直接经济损失，相当于美国全年国民生产总值的 3.1% 左右，约合 2 760 亿美元。其中煤气、水、电力和通信行业的损失占 34%，运输行业占 21.5%，基础设施占 12.8%。

对付氧化造成的损失，有两种办法。一是采用抗氧化性强、耐腐蚀的金、铂和某些合金来制造设备。二是减少设备和氧气的接触，以减缓氧化过程，例如给设备涂漆或把管道埋在地下。当然，还应加强科学保养，采取及时更换旧设备等预防措施，把事故消灭在未然。

面粉、猫尿和热带鱼
——无奇不有的火灾

2005 年 11 月 27 日，黑龙江连续三年的"明星矿"——七台河东风煤矿发生大爆炸。开始时，地面发生爆炸，再延及井下，最后死亡171 人。没有人放爆炸物，也不是瓦斯爆炸，为什么会发生大爆炸呢？

原来，这次爆炸是粉尘爆炸——它的浓度在 30 ~ 2 000 毫克/米^3 之间遇到 700 ~ 800 ℃的火源时，就发生爆炸。

其实，这类爆炸在第二次世界大战期间也发生过。德寇空军的炸弹不断在英国的天空落下，而伦敦一家面粉厂的厂主却暗自庆幸——炸弹没有击中它的厂房；但是，炸弹落下之后的一瞬间，车间里却发生了大爆炸和火灾——威力

炸弹没有击中的面粉厂爆炸

甚至超过了炸弹的破坏作用，屋顶飞上了天……与此同时，其他几家没有被炸弹击中的面粉厂也发生了爆炸和火灾。

这种奇特的爆炸和火灾使工厂损失惨重，而且令人莫名其妙——没有炸弹落到厂房上，况且车间里只有面粉和机器，没有爆炸物品。

谁是这种奇怪的爆炸和火灾的元凶呢？

原来，是炸弹爆炸的气浪掀起了车间内面粉的粉尘，使得空气中所含的面粉达到了一定的浓度，遇火后就发生了爆炸。

爆炸物是面粉吗？不可能吧——它又不是炸药！

是的，爆炸物就是面粉——这又是为什么呢？我们知道，面粉厂里的粉碎机把小麦加工成极细的面粉，就要消耗电能而对面粉做功。粉碎机所做的功的一部分转化成能量储存在被粉碎以后的面粉微粒表面，这部分能量在物理化学中叫"表面能"。对于一定量的面粉，被粉碎得越细，则表面积越大，表面能也越大。这个规律对其他固体物质也适用。例如，一块 1 千克的二氧化硅的表面能为很小的 0.2 焦；但是，如果把它粉碎成面粉一样细的粉尘后，表面能就可以达到 2.7×10^6 焦。你看，表面能竟增大了 1 000 多万倍！

同较大的麦粒相比，由于面粉具有很高的表面能，就很容易发生物理变化或化学变化而把能量释放出来；所以，这些平时看起来微不足道的面粉一遇适宜的条件，与空气充分混合，遇火后就会迅速发生激烈的燃烧，在瞬间放出巨大的能量——爆炸就这样发生了。不光是面粉，凡是易燃粉尘，如煤、可可、软木、木材、轻橡胶、皮革、塑料，以及几乎所有的有机化合物和各种无机材料，如硫、铁、镁、钴等的粉尘，如果在空气中达到一定的浓度，只要一遇到明火或"星星之火"，也会发生剧烈的爆炸。例如，在 1846 年，英国的哈尔威煤矿就发生了一次这样的大爆炸。当时，著名英国科学家法拉第（1791—1867）为英国内务部写的调查报告上就这样写道："甲烷混合物的燃烧和爆炸会掀起存在于坑道里的全部煤尘，并使之着火。"故事开头的煤矿爆炸，也是电器开关的微小火星点燃空气中的煤粉引起的。又如，在 2015 年 6 月 27 日约 20 点 40 分，中国台湾省新北市八里区的"八仙水上乐园"舞台举办"彩色派对"活动时，因举办方喷撒过量的玉米色细粉末，被引燃爆炸，最终造成 499 人受伤，其中 15 人死亡。

美国著名思想家、有着"美国文明之父"之称的爱默生曾说："我平生最厌恶两件事，没有信仰的博学多才与充满信仰的愚昧无知。"

看来，即使"充满信仰"，但如果"愚昧无知"，也可能"大祸临头"！愚昧无知的重要原因之一是不去博学。

其实，世界上发生的火灾、爆炸，真是无奇不有。

1990夏天，日本南部一座仓库莫名其妙地发生了一起火灾，幸亏消防队员及时扑救，才未酿成大祸。事后对起火原因进行调查，排除了人为纵火和电线短路，也否定了仓库内物品自燃和自爆。一时疑云顿生。后来，有人在仓库里发现一只烧死的猫和墙角地上的一堆生石灰。于是一位专家分析推断，是猫在生石灰上撒了一泡尿，生石灰遇水化合生成熟石灰时，其激烈的化学反应，使温度高达数百摄氏度，体积膨胀了2~3倍。由于反应产生的大量的热积聚不散，超过了可燃物的着火点，就使盖在上面的油毡、木板燃烧起来，引起火灾。为了证实这一推断，专家进行了模拟试验，将相当于一泡猫尿的水浇在50千克生石灰上，果然盖在上面的油毡燃了起来。

2003年8月23日，熊熊大火几乎毁了日本东京的一栋民房。消防人员经调查后发现，火是从屋内4个鱼缸的后面烧起来的。东京消防站的一位官员说："这是一个很罕见的案例，也许你不相信，但热带鱼确实是火灾的元凶。我们分析，是跳跃的鱼把水花溅到了不远处为鱼缸照明用的电源插座上，由于热带鱼所生活的海水导电性很强，极容易产生火花，大火就这样烧了起来。"这样，鱼儿们不幸在火灾中丧生，以生命的代价接受了"纵火"的惩罚。这次罕见的火灾警告人们，电源插座一定不要离鱼缸太近。

"牛顿火灾"也很离奇。1692年，一场有名的大火烧掉了牛顿的许多珍贵文稿——特别是他20年来的光学手稿毁于一旦，使他悲痛欲绝，一度心灰意冷。火灾的原因有两种说法。第一种说法是，一只小猫或爱犬碰倒了牛顿书房里的一支蜡烛，引起大火。第二种说法是，牛顿窗前桌子上的放大镜聚集了阳光，点燃了房间内的易燃物。

一泡猫尿引起火灾，并非天方夜谭。观赏美丽的热带鱼会让人心情愉悦，但是这些"美丽天使"却闯了大祸。放大镜放的位置不恰当，就让珍贵文稿灰飞烟灭。这些事例提醒我们，应切实注意各种火灾隐患。

解绳结、立鸡蛋、吃番茄
——敢于第一个吃螃蟹

对现代人来说，从简单的电灯泡到复杂的电脑，早已司空见惯了。一些现代人难以想象的是，发明这"简单的"电灯，竟被称为"伟大的发明"，且用了78年（1800—1878）；而将它改进到现代形式，则又用了近50年！"伟大"？这么简单，何来"伟大"？

是的，看着别人的发明发现，有时感到并不"伟大"，而是很平凡、很简单。"我都能做出来！"——就是持这种看法的人的口头禅。是的，当别人做出来之后，事情就变得"简单"了。"不简单"的，是当"第一个"。爱迪生之前，许多人都想做"第一个"电灯，但都没做出实用的"第一个"。"第一个"只有一个——爱迪生1878年做出的那个。

下面就是一些"第一个"的故事。

看着螃蟹那张牙舞爪、丑陋无比的形态，也许你不敢去吃它——如果你不知道它可以吃的话。历史上肯定有一位"第一个"吃它的英雄——只不过他的姓名没有记载。于是，人们常将那些敢于冒险做"第一个"的人，叫作"吃螃蟹的英雄"——鲁迅就表扬过第一个吃螃

番茄——当年"狼"，今天"羊"

蟹的英雄。中国考古人员于2003年在江苏徐州翠屏山发掘西汉皇室成员刘治墓时，意外地首次发现了陪葬的螃蟹壳。这说明至少在2 000多

年以前，中国人就吃螃蟹了。

不过，第一位吃西红柿和香蕉的英雄却有记载。

西红柿又名番茄，原来生长在中南美洲墨西哥和秘鲁等地的丛林幽谷之中。由于它形态娇艳，所以十分惹人喜爱。观赏可以，安第斯山的印第安人却不敢吃它。原因是它的枝叶有臭味，当地人都怀疑它红红的颜色"不正常"，是"狐狸的果子"，很可能"有毒"。还给它取了一个恶名——"狼桃"。

英国女王伊丽莎白

到了 16 世纪，英国的俄罗达拉里公爵到南美洲旅行，就顺便带了几株回国，送给英国女王（1558—1603 在位）伊丽莎白（1533—1603），种植在皇家花园供人观赏。从此，也就有人把西红柿称为"金色的苹果"或"爱情的苹果"，作为礼品赠送给朋友，但仍然没有谁敢尝它一口。

直到 18 世纪，番茄被传到法国时，一位法国写生的画家（一说是一个意大利人）却甘愿勇敢地冒生命危险，决心尝一尝它的滋味，验证它是否确实"有毒"。这位画家在吃西红柿之前，就做好了"充分"的准备，把衣服换成新的，还嘱咐家人也做好他可能死去的准备。他吃完西红柿之后，就躺在床上等待死亡。一个小时过去了，两个小时过去了，半天过去了，一天过去了……他还是安然无恙——西红柿没毒。

他后来告诉人们，西红柿的味道略酸且甜，很好吃。他首先吃西红柿成功的消息不胫而走，这位画家不是以他的画，而是以他的这个"第一"成为轰动欧洲的英雄的。从此，西红柿更加广泛地传播开来——已主要不是作为观赏品，而是作为食品。由于这位英雄，今天人们才能品尝到西红柿的美味。

传说第一位吃香蕉的英雄，是一个在打猎时遇到"绿树上长着金黄色果实"的非洲俾格米人。他吃了感觉"味道非常美妙"的香蕉之后，一个和他同行的尼格罗人就与他联手种植起来。

第三个"第一"是亚历山大的故事。公元前333年的冬天，马其顿国王亚历山大三世（即亚历山大大帝，公元前356—前323）率军进入亚洲一个叫果底姆（Gordium）城的地方。那里有一辆著名的战车，被一根山茱萸树皮编成的绳索牢牢拴住。当地人说，要是有人想取得统治世界的王位，他就必须把这个绳结解开。由于"世界的王位"的诱

亚历山大大帝

惑，许多聪明、强悍的勇士都来碰过运气，结果都铩羽而归。因为绳结盘旋缠绕、错综复杂，绳头也被隐藏在结的里面。亚历山大对此也有浓厚的兴趣，也希望打开它，但尝试了几个月，都失败了。终于有一天，他果断地抽出了利剑，一剑把绳结砍成两半，绳结被"解"开了。

这个"第一"是采用新的规则——不保持绳的完整。这个著名的故事告诉我们，当一种方法不能奏效时，不妨换一个角度思考，另立一个"规则"，也许这时就会柳暗花明。其实，发明新"规则"也并不"简单"——否则，为什么在亚历山大之前那么多人就没想出来呢？

没有想出来的还不止一个——当年讥笑、贬低哥伦布（约1451—1506）"发现新大陆"的大臣们就是其中的代表。这个我们熟悉的故事说，哥伦布立起了讥笑者们没能立起的鸡蛋，然后反唇相讥，把他们问得哑口无言。

正是："问何人会解连环"——唯我哥伦布。

在当代，也有许多不迷信传统理论和"权威"的"第一个"——从搞水稻杂交的袁隆平（1930—　　），到定向爆破专家郑炳旭（1959—　　）……

通过以上"第一个"的故事，我们认识到，凡事都是开头难——有人开了头，仿效很容易。我们不能像那些贬低哥伦布的人那样，贬低别人和别人的科学成就，而应老老实实学习别人的长处。这样，自己才可能变成"第一个"。

蔑视简单平凡是人生的大敌，也是科研的大敌。出生在英国多塞特郡，死于伦敦的医学家托马斯·西德纳姆（1624—1689）认为："只有意志薄弱者才会蔑视平凡简单的东西。"

小纽扣酿成大灾难
——拿破仑兵败锡瘟

"莫斯科告急！莫斯科告急！"这些天，俄国沙皇（1801—1825在位）亚历山大一世（1777—1825）一直得到这样的紧急文告。

原来，1812年5月9日，在欧洲大陆上取得了一系列辉煌胜利的拿破仑（1769—1821）离开巴黎，率领浩浩荡荡的61万（一说45万）大军，于1812年6月24日渡过涅曼河入侵俄国。

亚历山大一世

法军凭借先进的战法、猛烈的炮火长驱直入，在短短3个月后的9月14日进入莫斯科城。然而，当法国人入城之后，市中心却燃起了熊熊大火，莫斯科城的3/4被烧毁，6 000多幢房屋化为灰烬。这是亚历山大一世新起用的库图佐夫（1745—1813）采取了坚壁清野措施的结果。这样，即使在莫斯科市区，也找不到干草和燕麦。远离本土的法军陷入粮荒之中，大批军马死亡，许多大炮因无马匹驮运不得不毁弃。几周之后，寒冷的空气给拿破仑大军带来了致命的一击。在饥寒交迫下，1812年冬，拿破仑大军被迫从莫斯科撤退，沿途有的士兵被活活冻死，到12月初，61万拿破仑大军离开边境时只剩下3万人（另说只剩不到1万或2万人）。

在这次"俄国1812年卫国战争"中，拿破仑是侵略者，因此他的失败是必然的；而其中一个"细节"，却给了他致命的一击。

什么"细节"呢?

库图佐夫

加拿大卡普兰诺学院科学艺术系主任、著名化学家潘尼·莱克托在其著作《拿破仑的纽扣:改变世界历史的17个分子》中披露,变成粉末的纽扣就是拿破仑那场惨败中的"细节"。

原来,在拿破仑征俄大军的制服上,采用的都是锡制纽扣,而在寒冷的气候中,锡制纽扣会发生化学变化,成为粉末。由于衣服上没有了纽扣,数十万拿破仑大军在寒风暴雪中敞胸露怀,许多人被活活冻死,还有一些人因此得病而死。莱克托在新书中援引了一些同时代俄国人的目击记录,譬如一名来自波里索夫的俄国人描述拿破仑军队撤退时说道:"那些男人就如同是一群魔鬼,他们裹着女人的斗篷、奇怪的地毯碎片或者烧满小洞的大衣。"

拿破仑军队行进在冰天雪地上

莱克托说:"毫无疑问,1812冬天的寒冷温度是造成拿破仑征俄大军崩溃的主要因素,而锡在低温度下可变的特性,正是拿破仑士兵被迫披上这些古怪衣服的真正原因。"

那么,拿破仑为什么要用锡纽扣呢?原来,他是为了节约开支才把铜纽扣换成锡纽扣。没想到这个小小的"抠门"和无知,竟让他"一失足成千古恨"。

那锡制纽扣又怎么会变成粉末呢?

锡有三种同素异形体——灰锡(或称α锡)、白锡(或称β锡)和脆锡(或称γ锡即菱形锡)。在13.2℃以上通常温度下的锡,是坚硬、有延展性和稳定的白锡——一种"四方晶系"的银白带蓝的金属。

从俄国溃退的拿破仑军队

白锡在 161 ℃ 就变为"正交晶系"的脆锡，直到 232 ℃ 时开始熔化。在 13.2 ℃ 以下时，白锡的体积就会骤然膨胀 30% 左右，原子之间的空间加大，于是变成了"立方晶系"的灰锡。这一改变是很难用肉眼注意到的，因此即使在极低的温度下，人们也不会立即发现这一改变。首先，锡金属上会出现一些粉状小点，然后会出现一些小孔，最后锡金属的边缘会分崩离析。如果温度急剧下降到了 -33 ℃，就会产生"锡瘟"——晶体锡变成粉末锡，也叫锡的"相变"。

其实，"锡瘟"在历史上不止一次和人们"捣乱"。

1867 年，俄国彼得堡的冬天异常寒冷——气温低达 -38 ℃，彼得堡军用仓库管理员向军队发放了崭新的军大衣。官兵们接到这批军大衣后，发现所有的军大衣都没有纽扣。他们非常气愤，于是上告到沙皇那里。沙皇听了勃然大怒，下令要严惩监制军装的大臣。大臣哀求沙皇宽限他几天，以便进行调查。

大臣到了仓库，一看别的军装也都没有扣子。管理员告诉他，锡做的纽扣的军装，在入库时是有扣子的。为什么军装在仓库里纽扣就消失了呢？大臣非常惊奇。他又仔细观察了一会儿，发现钉扣子的线没有割断的痕迹，只是在每个钉扣子的地方有一小堆灰色粉末。

"为什么锡扣子在仓库里变成灰色粉末了呢？"大臣百思不解，找到了彼得堡科学院。科学家们为这个问题绞尽了脑汁。后来，一位科学家跑到大臣那里，说他能解开这个谜。大臣和科学家一起去拜见沙皇，说锡纽扣变成粉末是天冷冻的。沙皇不相信，非要科学家拿出证据不可。科学家要了一把锡酒壶，放到花园里的一个石头桌子上。

几天以后，科学家和大臣陪同沙皇一起到花园去观察锡壶。一看，锡壶仍旧"完好无损"地放在那里，沙皇和大臣不约而同地怒视着科学家。

"别着急。"只见科学家胸有成竹地走到锡壶跟前，轻轻地用手指一捅，锡酒壶就像沙子堆似的塌了下来，变成一堆粉末——沙皇和大臣的怒气才消散下来。科学家解释说，因为今年冬天天气特别冷，所以把军大衣上的锡纽扣和锡酒壶冻成锡粉末了。

无独有偶，几十年之后的 1911 年，英国探险家斯科特（1868—1912）率领一支探险队带足了大量的给养——包括液体燃料去南极探险，并于 1912 年 1 月 18 日在世界上第二个到达南极极点；但后来发现他们都冻死在南极。带了那么多的燃料为什么还无济于事呢？原来，斯科特一行在返回的路上发现，他们的第一个储藏库里的煤油已经不翼而飞——没有煤油就无法

斯科特

取暖，也无法热东西来吃。好不容易克服千难万险，又找到了另一个储藏库，可是那儿的煤油桶同样空空如也，装煤油的铁桶有裂缝——显然铁桶漏失了煤油。后来，科学家们终于发现了铁桶漏油的"奥秘"——焊铁桶的锡因为锡瘟变成了粉末。

这种悲剧还有一次。1913 年俄国的一支南极探险队，由于装汽油的铁箱是用锡焊接的，一遇低温，焊锡变成粉末，汽油全部漏光，结果探险队也全部遇难。

有了这些前车之鉴，后来就规定，凡是到寒冷地区探险，一律不准用焊锡。

因为锡瘟，使许多有珍贵艺术和历史价值的古锡制品没有保存下来。

锡瘟可以避免吗？科学家已经找到了几种预防锡瘟的"注射

剂"——其中有铋和锑。铋原子中有多余的电子可供锡的结晶重新排列，使锡的状态稳定。这是因为锡的相变速度除了与温度有关，还与锡所含的杂质有关。当锡中锑的质量分数达到 0.5% 的时候，就可以阻止锡瘟发生。

真金也怕火炼
—— 助熔剂的发明

中国的《南方周末》报在 1997 年 11 月 28 日，刊登了一篇名为《"地下黄金基地"揭秘》的文章。文中说："……几百度的温度可以熔真金？在这里可是千真万确的事：尽管黄金熔点在摄氏二三千度以上（应为 1 064 ℃——引者），但当地人配制了一种药水加入坩埚，几百度足以熔化真金。"

这段话给我们提出了一串问题：高熔点的物质在低于熔点的温度时能熔化吗？如果能，那是为什么，用的又是什么办法？

通过金属的铝从"贵族"变成"平民"的故事，可以回答这些问题。

法兰西第二帝国皇帝（1848—1870 在位）拿破仑三世（1808—1873），是法兰西第一帝国皇帝拿破仑（1769—1821）的侄子。19 世纪中叶的一天，他在宫廷中举行盛宴。客人面前都摆上了精致的银餐具，它们在明亮的烛光下闪闪反光。可是，客人们奇怪地注意到，唯独拿破仑三世面前的餐具却"暗淡无光"。客人们对

拿破仑三世

此议论纷纷，窃窃私语。拿破仑三世意识到这是自己的餐具与众不同，就立即告诉大家，这套餐具是用一种新的金属——铝制成的，由于它的价值超过金银，所以不能让客人都用上它。

"啊！铝！"人们顿时兴奋起来。宴会的高潮到来了：客人们举起

自己的银杯，幸运地和皇帝的铝杯相碰，共饮佳酿。

是的，当时由于不能大量生产铝，所以价格很贵——2 000 法郎/千克，超过了黄金。拿破仑三世还曾专门下旨将军队战旗上的金星改为铝星，以炫耀他的富有。俄国沙皇为了表彰门捷列夫（1834—1907）发现元素周期律的功绩，授予他的最高科学奖的奖杯不是金杯，而是铝杯。门捷列夫发现元素周期律是 1869 年，而得到承认则是在几年以后，可见直到 19 世纪 70 年代，铝在俄国仍然是"贵族"。

为什么当时人们"厚铝薄金"，将铝视为"贵族"呢？这还得从铝的提炼说起。铝是地壳中含量很多的金属，占地壳总质量的 7.45%，比铁还多出 60%。由于铝的性质活泼，与氧结合成氧化铝即三氧化二铝，不容易把它从中分离出来，所以直到 19 世纪以前，人们还没能发现铝。

维勒

最先发现和提出纯铝的人，是丹麦物理学家奥斯特（1777—1851）。在 1825 年，他将氯气通过烧红的木炭和三氧化二铝的混合物，得到氯化铝。然后把氯化铝与钾汞齐作用得到铝汞齐，再将铝还原出来并隔绝空气蒸馏，除去汞，就得到过几毫克的纯铝。他的实验结果发表在一本丹麦杂志上，但因这个杂志名气不大，加上没有署上他的大名——他在 1820 年因发现电流的磁效应而闻名于世，所以这一实验成果被忽略，以至于许多科技文献上都说，铝的发现者是德国化学家维勒（1800—1882）。

1827 年，维勒曾就提炼铝的问题去哥本哈根拜访过奥斯特。奥斯特把自己提炼铝的方法告诉了维勒，还说自己并不打算进一步试验。不过，维勒对此却兴趣盎然，一回到德国就全力以赴进行试验，终于在当年年底就制出了纯铝。不过，他的方法不同于奥斯特——他是用钾还原无水氯化铝制得纯铝的。此外，他还弄清了铝的主要物理性质。1827 年被认为是发现铝的年代。后来在 1845 年，他终于制得一些每粒为 10～15 毫克的铝珠——此前他制得的铝一直是一些粉末。

作为一国之尊的皇帝，竟不能让客人们都用上铝制餐具，这使拿破仑三世深感遗憾。为此，他找来本国的化学家亨利·爱丁·圣·克莱尔·德维尔（1818—1881），对他说："先生，

德维尔（左四）在实验室

您是否能找到一种大量、廉价的制铝方法，使我的客人都用上铝制餐具，甚至使我的卫兵也戴上铝头盔呢？"他拨给了大量的研制经费，让德维尔进行研究。

1854 年，德维尔不负圣望，终于用钠代替维勒的钾也制得了钝铝。这使铝的价格略有下降。铝的小量工业生产开始了。1855 年，在巴黎举行了一次世界博览会，在展厅里最珍贵的珠宝旁，就放着一块铝，它的标签上写着："来自黏土的白银"——它就是德维尔炼出的铝。

德维尔的炼铝法，为法国皇帝带来了极大的荣誉。拿破仑三世曾骄傲地说："铝是法国人发现的！"但德维尔却心中有数，他亲手用铝铸了一枚纪念章，上面刻着维勒的名字、头像和"1827"这个年份，作为礼物郑重地送给他的德国同行和发现铝的先驱维勒。两人从此成了好朋友。德维尔不掠人之美、实事求是的精神和两位不同国度化学家的真挚友谊一时成为佳话。

不过，此时铝的价格并没有在全世界范围内降下来。例如，在1885 年，美国首都华盛顿特区落成的华盛顿纪念碑上的顶帽，也是用金属铝制造的。生产铝的原料氧化铝随处可见，价格低廉，但由于生产方法、技术落后，使得铝还是"贵族"。如何将这"贵族"变成"平民"，成为当时"脸上无光"的化学家们的重大科研课题。

在这一课题上取得重大突破的，是两位生卒年相同，但国度不同的大学生。

美国化学家查尔斯·马丁·霍尔（1863—1914），从小就是一个对化学情有独钟的科学迷。他就读的奥柏林学院的化学教授，特地为他在实验室里安排了一个位置。他毕业后，就在家中布置了一个简陋的实验室，研究制铝的新方法。最终于1886年发明了能大量制铝且生产成本很低的炼铝法——电解熔盐制铝法。

电解熔盐制铝法的主要原料是氧化铝，将其熔化，再经电解而在阴极上得到纯铝。此法成功的关键，是降低氧化铝的高达2 072 ℃的熔点。因为要达到这么高的温度和在这么高的温度下进行电解，无论在设备上还是在技术上都有难以逾越的障碍，因此，霍尔设想加入另一种物质来降低这一温度。经过多次实验之后，他终于找到了一种含铝的复盐——冰晶石作为电解时的"助熔剂"，使氧化铝在较低温度（仅约1 000 ℃）下，就能溶解于熔化的冰晶石中进行电解。这就攻克了此法的最大难关，使其在设备、技术上都现实可行，生产成本也大大降低。此法的又一好处是，由于铝的熔点仅660 ℃，所以在约1 000 ℃的电解槽阴极得到的铝是液态的，这就便于定时放出而直接铸成铝锭。

1886年2月23日，霍尔来到他在奥柏林学院读大学时代的化学老师的实验室，高兴地向老师展示用新方法得到的12颗晶亮的金属铝小球，以此感谢师恩。后来，他又进一步改进了自己的方法，并向美国铝业公司出卖了当年发明的这一方法的专利。该公司很快在匹兹堡建厂，生产出价格较低的铝制品供人们使用。此后不久，铝就从"贵族"变为"平民"。而今，该公司还存有霍尔最先制得的铝球。

为了表彰霍尔对炼铝法的改进所做的贡献，奥柏林学院在院内建立了世界上第一个用铝铸造的塑像——霍尔的像。

1886年，另一位大学生、后来成为法国化学家的保尔·路易·托圣特·赫洛特（1863—1914）也在稍晚独立发明了与霍尔相同的炼铝法，所以后来被称为"霍尔－赫洛特法"，并于同年取得专利。虽然他们之间曾一度发生了专利权的纠纷，但后来却成为莫逆之交。1911 年，当美国化学工业协会授予霍尔著名的佩琴奖章时，赫洛特还特意远涉重洋到美国参加了授奖仪式，亲自向霍尔表示祝贺。

美国铝业公司保存的铝球

霍尔和赫洛特所发明的方法也叫"助熔剂法"。助熔剂的发明，不但解决了铝的生产成本高的问题，使铝成为一种重要的工业原料，而且这一方法还为人们指明了一条新路而得到广泛应用：借助于某一"秘方"——助熔剂，就可让高熔点的物质在较低温度下熔化，正如本故事开头所说的"当地人"加"药水"那样。

霍尔的塑像

不过，铝的价格并没有在 1886 年立即在全世界降下来。例如，此时泰国的国王还用着铝制的表链，1889 年英国皇家学会对门捷列夫发现元素周期律表彰时，发的珍贵纪念品还是用了铝——铝和金制成的一台天平。

1887 年，赫洛特和同胞基里亚尼设计了第一台大型电解装置，为大量生产铝提供了方便。真正大量生产和使用铝始于 19 世纪末。1890—1900 年间，各国相继开始将铝用于电气工业和造船工业。从此，"轻金属之王"——铝彻底成为"平民"。

1906 年，学农业和化学专业、做冶金工作的德国化学家阿尔福雷德·维尔姆（1869—1937）偶然发现，在铝中加入少量的铜、镁、铁、硅，加热到 500 ℃ 后淬火，可使铝的硬度大幅度提高——这被称为"时效硬化"。放置四五天后，铝的硬度达到最高。1911 年，他由此制成了"硬铝"即"坚铝"——铝的质量分数为 94%、铜为 3.5%、镁为 0.5%，以及微量的铁和硅。后来，因为德国杜拉金属冶炼公司最早取得了这项专利并投入工业生产，所以硬铝又称"杜拉铝"。

硬铝的发明，不但克服了纯铝的硬度、强度低的缺点，使铝的"轻"（密度只有低碳钢的 1/3）和"强"在硬铝中施展出来，为其应用开拓了广阔的天地。例如，在 1919 年，后来成为工业家的德国技师胡戈·容克斯（1895—1935），就制成了世界上第一架用硬铝的飞机——"F13"型运输机。从此，铝就成了航空业不可或缺之物。硬铝还为制造铝的其他合金开了路，今天我们几乎被铝包围就是证明。

赫洛特

铝过量进入人体，有可能对人产生危害，例如脑损伤、记忆力衰退等。虽然这些说法还没有得到普遍公认和长期实践的检验，但是世界卫生组织还是建议每人每天的铝摄入量应小于 1 毫克/千克体重。少吃油条、粉丝、凉粉、油饼、铝制易拉罐装的软饮料等含铝多的食物和铝锅炒出的饭菜，是减少铝摄入量的有效方法。

助熔剂的发明，使廉价的原料氧化铝成为用途广泛的、价格低廉的金属铝。可见科学发明是多么巨大地改变着人类的生活啊！

发明助熔剂的意义，不仅仅是解决了科技上的许多难题，还在于给我们对待科学和人生这样一种可贵的思想：当发现自己"屯兵于高山与坚城之下"而无法打赢某个"攻坚战"的时候，不妨转化一个思路——例如加入"凿隧道""绕道走"这样的"助熔剂"。

广义的助熔剂，是指能降低其他物质软化、熔化或液化温度的物质。除了上述这类在冶金中利于熔炼或精炼金属的助熔剂，还有在化学分析中增大物质的溶解度这类助熔剂（这时也称为"助溶剂"）和在焊接工艺中的焊剂这类助熔剂。

现在，故事开头的问题可以回答了。"真金不怕火炼"的原因是，通常的柴火温度仅几百摄氏度，远低于金的熔点，所以它能"烈火烧身若等闲，金光闪耀在人间"；如果用了助熔剂，就能使它在几百摄氏度时熔化而"真金也怕火炼"了。

"助熔剂"还在许多场合大显神通。利用合金熔点低于它的组分熔点的道理，人们制成了焊锡和保险丝等。

"远猜"胜"近测"
——纸牌玩出大成果

"安东!"教授站起来对仆人说,"到实验室去找几张厚纸,把筐也一起拿来。"

19世纪60年代的一个夜晚,俄国彼得堡大学的黑夜静悄悄,不过,大学主楼左侧的这个教授的居室仍然灯光闪亮。

仆人为了主人的安全,推开了主人书房的门。没想到,却得到这样特殊的吩咐。

安东是"夜猫子"——俄国化学家、发明家门捷列夫(1834—1907)教授家的忠实仆人。他走出房门,莫名其妙地耸耸肩膀,很快就拿来一卷厚纸。

"帮我把它剪开,"门捷列夫一边吩咐仆人,一边亲自动手在厚纸上画出格子,"所有的卡片都要像这个格子一样大小。开始剪吧,我要在上面写字。"

门捷列夫在每一张卡片上都写上了元素名称、原子量、化合物的化学式和主要性质。筐里逐渐装满了卡片。

此后,门捷列夫的家人奇怪地看到一向珍惜时间的教授突然热衷于玩起了"纸牌":收起、摆开,再收起、再摆开;皱着眉头、会心一笑……

有一次,门捷列夫玩了三天三夜。疲劳不解人意——他睡着了,但在梦中依然没有忘记他的"纸牌"……

冬去春来,门捷列夫就这样"玩"着,思考着。有一天,他在梦中看到那些纸牌按某种顺序排列成一张大表。醒来后，他就按梦中那张表的样子做了一张表，终于用小"纸牌"玩出了元素周期表。

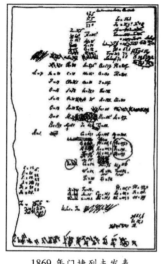

1869年门捷列夫发表
的第一张元素周期表

1869年2月17日，门捷列夫发表了他的第一个元素周期表。在这个表中，各元素依原子量大小的顺序竖向排成6排，共排出当时已知的63种元素，并留有4种未知元素的空格。在这些空格中，填入了他预测的相应未知元素的原子量和一些性质。

同年3月，由于门捷列夫生病不能参加俄罗斯化学会，就委托他的朋友门舒特金（1842—1907）在会上宣读了题为《元素属性和原子量的关系》的论文，阐述了元素周期律的基本论点。门舒特金也是一位著名的俄国化学家，主要从事有机化学研究。

那么，门捷列夫用了多长时间呢？"这个问题我大约考虑了20年。他们却认为坐着不动，5个戈比一行，5个戈比一行地写着，突然就成了。事情可不是这样！"他在回答一家彼得堡的小报记者采访提问时这样说——这个时间和牛顿从思考苹果落地到创立万有引力理论经历的时间，正好相同。

大致同时，德国化学家迈尔（1830—1895）再次修改了他在1864年发表过的元素体系，分别于1868年和1869年发表了著名的《原子体积周期性图解》和一个偏重于元素物理性质的化学元素周期表。

元素周期律并没有立即得到承认。相反，这种研究被认为是"不务正业"——例如门捷

门舒特金

列夫的两位老师。有"俄罗斯化学之父"美称的沃斯克列森斯基和化学权威齐宁（1812—1880），一开始就不支持门捷列夫的工作，反而训诫他："到了干正事，在化学方面做些工作的时候了。"门捷列夫还是深信自己的工作的意义重大，便不顾名家的指责、嘲笑，继续研究。经过两年努力，终于1871年发表了论文《化学元素的周期性依赖关系》，修订了他在1869年的那个周期表。新周期表将原表竖行改为横排，使同族元素处于同一竖行中，从而更能突出元素化学性质的周期性；在同族元素中，也像迈尔那样把元素分为主族和副族；预言元素的空格也由4个增为6个。他在该文中给元素周期律作了定义："元素（以及由元素所形成的单质或化合物）的性质周期地随着它们的原子量而改变。"

正在门捷列夫为"玩"出大成果而陶醉的时候，另外一个在千里之外的化学家得到的实验结果，却和他的预测不同——未知元素镓的密度是4.7克/厘米^3，而不是他预测的5.9克/厘米^3。

原来，在1875年9月20日，法国化学家布瓦博德朗（1838—1912）在用光谱分析法分析一种名叫"比利牛斯闪锌矿"时，偶然发现光谱中有一条紫色的谱线。他知道已知元素都没有这条光谱线，从而意识到这是一种新元素的光谱线。于是，他用自己祖国的拉丁语"家里亚"（拉丁文"Gallia"，又译"高卢"）为它命名，这种新元素就是镓（Ga）。布瓦博德朗把所测得的关于镓的一些重要性质，简要地发表在《巴黎科学院院报》上——其中就有镓的密度是4.7克/厘米^{3}等内容。

不久，布瓦博德朗突然收到一封来自俄国的信。他打开一看，原来是门捷列夫写来的："先生，您发现的镓，就是我在5年前预言的'类铝'，只是它的密度（当时称比重——引者）应该是5.9克/厘米^3，而您测得是4.7克/厘米^3。请您再测一次，我想是您的新物质还不是太纯的缘故吧！"

"啊！不会吧！"正在为自己新发现了镓而开心不已的布瓦博德朗大吃一惊。他心想，当今世界只有我手中才有这一点点镓，你门捷列夫远在俄国，手中又没有镓，怎么能"未卜先知"——在5年前就知道它的密度等性质呢？于是他怀着半信半疑的心情，将手中的1.15克镓提纯，重新仔细准确地测量它的密度。天啦！5.94克/厘米^3，果然与门捷列夫预测的5.9克/厘米^{3}相差无几！这一结果使他目瞪口呆：从来没有见过镓的门捷列夫，5年前就"决胜千里"地"远猜"对了，而唯一手中握镓的我的"近测"却错了！于是他写信给彼得堡的门捷列夫："首先祝贺您的胜利。我能说什么呢？这次实验，连同我的新发现，都不过是您的元素周期律的一个小注释。这是您的元素周期律的伟大之处的最好证明。"

化学史上第一次发现了一个被预言的元素，这件事引起科学界的轩然大波。门捷列夫的有关论文迅速被译成法文和英文，元素周期律得到了全世界的公认。布瓦博德朗在一篇论文中写道："我以为没有必要再来说明门捷列夫这一理论的巨大意义了。"

元素周期律的创立具有伟大的意义。

首先，把各元素看作有内在联系的统一体，表明元素发展变化是由量变到质变的过程。这雄辩地证明了辩证唯物主义的正确性，给唯心主义形而上学以有力的一击。

其次，周期律是来自实践，经科学抽象而形成的理论，因此它具有科学的预见性和创造性。例如，门捷列夫另外预言的"类硼"即钪和"类硅"即锗，就分别在1879年和1886年被瑞典化学家尼尔森（1840—1899）和德国化学家温克勒（1838—1904）发现。

最后，它使化学元素研究从只限于对无数个别零散事实做无规律的罗列中摆脱出来，奠定了现代无机化学的基础。恩格斯对此评价说："完成了科学上的一个勋业，这个勋业可以和勒·威烈计算尚未知道的行星海王星轨道的勋业居于同等地位。"

"化学没有周期表如同航行没有罗盘一样不可想象，但是这并没有制止某些化学家正试图改进它。"是的，科学之水长流、科学之树常青，元素周期律和周期表在其后又有新发展。

门捷列夫出生那年，父亲突然双目失明，不久父母双双谢世，他的处境更加艰难，以至于他在一个边远城市上中学时得不到良好的教育，造成他进大学时仅列全班 28 人中的第 25 名。但他奋起直追，毕业时跃居第一，荣获金质奖章。他 23 岁时成为副教授，31 岁成为教授。他生活十分简朴，衣着常落后别人一二十年，但毫不在乎，他说："我的心思在周期表上，而不在衣着上。"

当人们问门捷列夫什么是天才时，他笑着回答："啊！天才就是这样，终身努力，就成天才！"

门捷列夫因发现元素周期律而闻名于世，光荣地成为世界上多个科学团体的名誉会员。1906 年，他再次被提名为诺贝尔奖得主，但第二年就遗憾地辞别了人世。

人们依然不会忘记当年那激动人心的一幕。门捷列夫逝世之后 7 天的 1907 年 2 月 9 日，彼得堡寒风凛冽，太阳暗淡无光，街道上到处点着蒙有黑纱的灯笼。通向沃尔科夫公墓的街道两旁绵延着不尽的人流，沿途，不少人自动加入缓缓地从街上走过的这支队伍，最后达几万人之多。队伍前头，没有花圈、没有遗像，只有几十位学生抬着的大木牌，牌上画着一个表……

从运动员到科学家
——因祸得福拉姆齐

与那些大名鼎鼎的科学家相比，英国物理学家、化学家拉姆齐（1852—1916）鲜为人知，但提起物理学中的表面张力公式和化学中的惰性气体，读过高中的人都知道，拉姆齐就是它们的发现者之一。他于1893年得出了液体表面张力公式；在1894—1895年间，和英国物理学家、化学家瑞利（1842—1919）共同发现惰性气体氩和氦。

此前，法国天文学家皮埃尔·朱尔·塞萨尔·扬森（1824—1907）于1868年8月18日，以及著名的《自然》杂志的创始人之一、第一任主编（任职50年之久）——英国天文学家约瑟

扬森

洛克厄

夫·诺曼·洛克厄（1836—1920）于同年10月20日，各自独立观察到日蚀光谱中有一条明亮的黄色线之后，曾预言氦的存在。

1898年，拉姆齐又和另一位英国化学家特拉威斯（1872—1961）先后发现了惰性气体氖、氪、氙。因发现惰性气体和确定它们在元素周期表中的位置，拉姆齐1904年独享诺贝尔化学奖。

有趣的是，拉姆齐走上化学家之路，却是得益于他的一次不幸遭遇。

1852年10月2日，拉姆齐生于英国的格拉斯哥。40岁才结婚的父

母只有他这个独生子，所以宠爱有加，这使他成为一个贪玩好动的孩子。拉姆齐从小就有广泛的兴趣爱好——小提琴、游泳、划船，但最喜欢的还是足球，梦想长大后成为一个优秀的"球星"。这一梦想却酿成了他的不幸。在一次足球比赛中，他的右腿被踢伤——"球星"之梦随之破灭。正是这一"祸"，却使他得"福"。有伤卧床，不得动弹，只好看书打发时光。就在养伤期间，他读了英国化学教授托马斯·格雷姆的一本化学常识书。格雷姆也是格拉斯哥人，与他同乡。拉姆齐读这本书的目的，原来是想学习焰火的制造方法，以供消遣，打发时光。谁知一读之后，就对化学产生了浓厚的兴趣。这样，他的同乡的"不说话的老师"，就把他引进了化学的大门。

实验室里的拉姆齐

起先，拉姆齐在海德尔堡和图宾根求学，17 岁开始专门学习化学。1872 年他 20 岁时获博士学位，并于同年开始在英国高校任教。1880 年在布里斯托尔大学，1887 年以后在伦敦大学任化学教授。这些进步，都是他从一个贪玩的孩子变成一个勤奋的人之后取得的。对此，他的一位中学同学曾回忆道："当我初次遇到他时，我发现他对于化学上应用的药品和器具已相当熟悉。一天下午，他到我家里来做化学实验，制取氢气、氧气，从糖中提取草酸等。我们所用的器具，除了烧瓶、曲颈甑和玻璃杯，几乎都是自己制造的。"拉姆齐的勤奋也可在他写给父亲的信中找到："我今天早上五点半钟起床，从六点到七点我自修并吃早饭，七点到八点有一节功课，八点到九点又有一节，从九点到下午三点我在化学实验室里做实验（我只稍微吃点中饭，好省出些实验时间，不到六点钟不吃晚饭）。从三点到五点自修，五点到六点上课，然后吃晚饭。现在八点，我又必须开始自修了。"

拉姆齐在伦敦大学的实验室又小又旧，而且在楼上——当他要用天平称化学药品时，还得跑到楼下去。可是，就在这样简陋的实验室和艰苦的条件下，拉姆齐进行了有关有机化学、无机化学、放射性、原子量、气体密度等许多实验，写出多篇论文。因瑞利准确称量而由拉姆齐发现的氩——被称为"第三位小数的胜利"，其中许多工作就是在这里完成的。有关放射性衰变时生成氦的实验，曾轰动物理学和化学界，也是拉姆齐在这里做的。

拉姆齐为人热情、乐观，说话幽默。曾任英国化学学会的会长。

拉姆齐从小喜欢且擅长外语。他小时曾在教堂里用英、德、法语朗诵《圣经》，使大人们也吃惊不小。1909 年，当世界应用化学会议在伦敦召开时，他被推选为会长，他在致开幕词时，用英、法、德、意大利语各讲了一遍，与会的人都非常惊讶和敬佩。

1916 年 7 月 23 日，这位成就卓著的化学家病逝于伦敦。

其实，因当运动员受伤而"得福"的，还不止拉姆齐一人。西班牙"情歌王子"胡里奥－伊格莱西亚（1943— ），原来是一位（马德里足球队的）守门员，1963 年 9 月 23 日凌晨 2 点因车祸受伤瘫痪后才改行唱歌，后来扬名西方乐坛。闻名世界的以色列小提琴演奏家帕尔曼（1945— ），小的时候得了小儿麻痹症，但他以惊人的毅力刻苦学习，终于登上了世界乐坛的高峰。

一个人不能没有"梦"，否则就会像古罗马哲学家小塞涅卡（约公元前 4—公元 65）所说："如果一个人不知道他驶向哪个码头，那么任何风都不是顺风。"如果条件发生变化（像拉姆齐的腿受伤）后，原有的"梦"不能"圆"了，就要因势应变，改弦易辙，重新做"梦"，否则将一事无成。

《浪子回头》与"回头浪子"

——格林尼亚与格氏试剂

20世纪50—60年代，在美国放映过一部名为《浪子回头》的影片。这轰动一时的影片，是一个"回头浪子"——美国的格拉齐亚诺（1921—1990）自己创作的，不但内容写的是自己真实的经历，而且自任其中的一个角色。这曾被传为美谈。

格拉齐亚诺少年时曾斗殴闹事，被关监狱。出狱后幡然悔悟，不但痛改前非，还与少年犯罪做坚决的斗争，从而得到人们的广泛尊重。不但如此，他还将斗殴变为拳击，于1947年和1948年两获美国中量级拳击冠军。

回头浪子在科学界也不少见。下面要讲的，就是另一位回头浪子因发明格氏试剂等成就，荣获诺贝尔化学奖的故事。

提到弗兰奥斯·阿尤古斯特·维克多·格林尼亚，可能知道的人并不多；如果提到格氏试剂，搞化学的不知道的必定很少。

法国北部有一个风景如画的海滨城市——瑟尔堡。1871年5月6日，格林尼亚就出生在此地一个很有名望的资本家家庭——他的父亲经营一家造船厂，有着万贯资财。由于他自幼在优裕的物质条件下生活，加之父母过分溺爱，凭着有祖上雄厚的家业，他根本不把学业放在心上，更不知"创业"为何物，只知道整天到处游荡，盛气凌人，因此人们都说他是一个没出息的"二流子"。

格林尼亚典型的盛气凌人事件，是在他读中学的时候发生的。他叫成绩好的同班同学——也是他的"重点欺压对象"布罗尼长期帮他做家庭作业。有一天他被一群"崇拜者"簇拥着走进教室的时候，颤抖的布罗尼却愤怒地发出了"最后的吼声"："我再也不帮你做作业了！"……

第二天，布罗尼就被学校开除了——"罪名"让所有的人都一头雾水。从此，学校没有一个人敢对格林尼亚说"不"——他成了整个学校的真正主宰。

格林尼亚

到了青年，格林尼亚仍一味吃喝玩乐，不努力学习，更不去工作，成了瑟尔堡有名的"绣花枕头"。见到年轻、漂亮的女孩就要套近乎，甚至尾追不舍。生活也奢侈到了近乎荒淫的地步。

1892年的一天，瑟尔堡上层人士举办了一次盛大的舞宴，21岁的格林尼亚也参加了这个宴会。在赴宴者中，格林尼亚发现了一位初次在瑟尔堡露面的如花似玉的姑娘。他一见倾心，就仗着他的贵族家庭在瑟尔堡的"名气"，傲然走上去强行邀请她一起跳舞。出乎他预料的是，这个"靓妹"不但婉言谢绝，而且流露出不屑一顾的神态——这使习惯于在当地"摆谱"的格林尼亚难堪极了。当他打听到她是刚从巴黎来的波多丽女伯爵时，就觉察到自己的冒失和不恭，于是他鼓足勇气走到波多丽面前表示歉意。可是，波多丽却冷冷地说："算了！请站远点，我最讨厌你这样的花花公子挡住我的视线！"引来哄堂大笑和议论。

波多丽的回答，如同针一般刺痛了他的心。他从来没有在大庭广众之中受过这种近乎奇耻大辱的嘲笑和议论——这使他震惊不已，以至于夜不能寐。经过几天沉思反省，他终于"知耻而后勇"，猛然悔悟，决心走向新生——要发愤学习，把过去浪费的时间夺回来！

人生终于出现了转机。

格林尼亚悄悄地离开了瑟尔堡。临走时谁也没告诉，只留下一封信："请不要探询我的下落，容我刻苦努力地学习，我相信自己将来会做出成绩的。"

不久，格林尼亚来到里昂。他想进里昂大学学习，但由于他在中小学时学业"欠债"太多，根本不够入学资格；但他的强烈求知欲感动了老教授拜路易·波韦尔，就为他精心补课。经过两年刻苦努力，终于在1893年进了里昂大学插班学习数学，毕业后改学有机化学，并在1901年获得博士学位。

在里昂大学学习期间，格林尼亚刻苦学习的精神，赢得了有名的有机化学权威菲利普·巴比尔教授的器重和培养。在巴比尔的指导下，他把巴比尔老师所有的著名化学实验都重做了一遍。这样，他不但以科学的态度准确地纠正了巴比尔的一些错误和疏忽，而且还在这些大量而平凡的实验过程中，发明了后人以他姓氏命名的试剂——格林尼亚试剂，并在1901年写出有关论文。他也因此而成为著名有机化学家。此时，离他进里昂大学整整8年！

格氏试剂是一种有机化合物，通常称为烷基卤化镁，由卤代烷和镁在无水乙醚介质中作用而得，是有机化学家所知道的最有用和最多能的试剂之一。在有机合成中，格氏试剂可以使人类大量地制造出自然界所没有的、性能更好的多种化合物，在有机化学中占有重要地位。

格林尼亚一旦打开了科学的大门，他的科研成果就像泉水般涌了出来。在1901—1905年，他总共发表约200篇关于金属镁有机化合物的论文。1902年，里昂大学破格授予他理学博士学位。这个消息轰动了法国，他的家乡更沉浸在一片欢腾之中——瑟尔堡为他举行了专门的庆祝大会。

1906年，格林尼亚被里昂大学聘为教授，1910年又担任了南锡大学教授，1919年被里昂大学聘为终身教授……据不完全统计，到1935年12月13日他在里昂逝世的时候，他一生的科学论文多达6 000多篇！1972年，为纪念1912年他和另一位法国物理化学家保尔·萨巴蒂埃（1854—1941）共享诺贝尔化学奖，瑞典还发行了一枚印有他俩头像的邮票。另外，还发行过纪念他们两人各自头像的纪念邮票。

纪念格林尼亚（左）
和萨巴蒂埃的邮票

萨巴蒂埃

这里，我们还要提到这两位同享诺贝尔化学奖的化学家互相谦让的佳话。当格林尼亚得知只有自己一人将得 1912 年诺贝尔化学奖的时候，就主动说萨巴蒂埃的科学成就比自己大，理应获奖，否则那将是不公平的。萨巴蒂埃则认为格林尼亚的贡献比自己大，应该获奖。在这种互相谦让的情况下，瑞典皇家科学院最后决定，由他们二人共享当年的诺贝尔化学奖。萨巴蒂埃主要是因对有机化合物催化氢化方法的贡献得奖的。

当格林尼亚荣获诺贝尔化学奖的消息传出之后，他忽然接到一封来信，信里只有寥寥一语："我永远敬爱你！"原来，这封贺信是当年曾奚落过他的波多丽女伯爵写的——久病后伏在病榻上写的。其实，波多丽并没有因格林尼亚过去的浪荡生活而歧视他，当他得知格林尼亚已痛改前非、发奋学习的时候，始终注视着他取得的每一个成就。

"浪子回头金不换"
——从蒂塞留斯到卡哈尔

像格林尼亚这样"浪子回头金不换"的诺贝尔奖得主，绝非只有一个。瑞典生物化学家阿恩·威廉·考林·蒂塞留斯（1902—1971），是又一个"后来者"。

1902年，蒂塞留斯出生于瑞典斯德哥尔摩的一个科研世家。他的少年时期，在瑞典西海岸的古老而美丽的城市哥德堡度过，但是良好的家庭环境并没有使他培养起对科学的浓厚兴趣。相反，优裕的生活消磨了他的上进心，使他耽于玩乐，整天在海边划船、捕虾，玩得不亦乐乎。读书对他来说则是件乏味枯燥的事

蒂塞留斯

情，所以他在学习上只是得过且过，从小学到中学成绩极其平常。

中学毕业以后，蒂塞留斯在1921年进了著名的乌普萨拉大学。刚进校的他，公子哥儿的作风、吊儿郎当的习气和玩世不恭的态度"浪漫依然"。这样，一些同学曾看不起他，他也曾因此自暴自弃。

这一切都被学校注意到了，专门派人去帮助他，不失时机地从各个方面对他进行教育感化，培养他树立完美的人格，端正人生的目标。

功夫不负有心人，蒂塞留斯终于被深深地打动了。他真切地感受到周围的人盼望他成才的良苦用心，同时也意识到一个人的人生目的应该是为社会、为他人去奉献。茅塞顿开的他，从此像被一棒打醒了一样——勤奋钻研，虚心好学，刻苦自励。就这样，他的才智被充分

挖掘出来，成绩突飞猛进，化学成绩更是名列前茅，并在 1924 年获得化学、物理和数学三个学位。

斯韦德贝里

大学毕业后，蒂塞留斯留校担任助教。1930 年，他又获得了博士学位，并担任了化学讲师。在瑞典著名化学家西奥多·斯韦德贝里（1884—1971）的培养下，他很快"青出于蓝"，并且代替老师在各大学的讲座进行讲学。斯韦德贝里是当时北欧的物理化学界权威、1926 年诺贝尔化学奖得主。

1947 年，蒂塞留斯荣任诺贝尔基金会副主席等瑞典科学机构的重要职务。他获得的各种奖项不计其数，其中 1948 年因电泳法和吸附分析法方面的成就，荣膺诺贝尔化学奖而达到高潮。

西班牙医学家桑迪亚哥·拉孟·伊·卡哈尔（1852—1934），是又一个回头浪子。

卡哈尔的父亲，是一位医术很高的乡村老医生，但却无法管教自己的儿子。有一次，沾染了好逸恶劳等许多不良习气的卡哈尔闯了祸，被警察拘留了 3 天，父亲差点没被他气死！后来，不好好学习的他又因为调戏女同学和偷钱，被学校开除。他父亲要打死他，他吓跑了，跟一个修鞋匠到处流浪，与一伙惯盗为伍，荡迹

卡哈尔

"江湖"。一年后，卡哈尔回到家乡，才知道父亲真的被他气死，母亲带病给人做苦工，但他仍旧无动于衷。邻居们也都不愿理这野得像山猫崽子一样的顽童。

虽然谁也不理睬卡哈尔，但卡哈尔却患上了"单相思"——暗暗地喜欢邻居家的一位姑娘。谁知，姑娘根本就没有把他放在眼里。有一天，姑娘同别人聊天，他故意从她面前走过，想引起她的注意，但

姑娘连看都没看他一眼。他只听到姑娘的声音："顽童都是弱者！"就这一句话，也许并不是专指卡哈尔，却一下子击中了他。他后来说，有好几天，他觉得自己像死了一样，躺在床上，脑袋里一片空白；几天以后，他才又"活"过来。人们发现卡哈尔变了！他央求母亲重新让他读书，继承父业当医生。

一年以后，卡哈尔以第一名的成绩在高中毕业，考上了萨拉格萨大学的医科贫寒免费生。25岁时，他被聘为母校的首席解剖学教授。从此，他在医学道路上越走越快，最终成为1906年诺贝尔医学或生理学奖的两位得主之一——"因为对神经系统结构的研究"等成果。他一生最大的贡献，就是正确揭示了人脑的神经结构，使人类对人脑功能的研究走出了猜测阶段而进入了科学时代。他写的书，至今被世界医学界奉为《卡哈尔医典》。

德国思想家马克思（1818—1883）说："耻辱就是一种内向的愤怒。如果整个国家真正感到了耻辱，那它就会像一只蜷伏下来的狮子一样，准备向前扑去。"这一至理名言，对个人也适用。通过格林尼亚受侮辱后悔悟成才的故事、蒂塞留斯受感化后崛起的故事、卡哈尔改恶从善后造福人类的故事，说

1906年诺贝尔奖得主邮票（右起）：生理学或医学：卡哈尔、意大利医学家戈尔季（1843－1926）；化学：法国化学家莫瓦桑（1852－1907）

明有缺点的人——甚至"二流子"、犯过罪的人，也能通过心理调适改弦更张，从而走向新生，为人类做贡献，也可以得到人民的承认和尊敬。

"无穷的远方，无数的人们，都和我有关。"中国文学家鲁迅（1881—1936）的这番话，提示我们应关爱有缺点、犯错误的青少年。对这些青少年，我们不应采取冷漠甚至歧视挖苦、讽刺打击的态度，

否则会使他们心灰意冷，成为社会的祸害；而应给予"冬天里的一把火"，让他们"再没有心的沙漠，再没有爱的荒原"，这更有利于他们转而走上光明之路。下面苏联作家

高尔基　　　　　　班台莱耶夫

高尔基（1868—1936）关爱连卡·班台莱耶夫（1908—1987）的故事，就是这方面的一个范例。

苏联的优秀儿童文学作品《表》，描写一个流浪儿为饥寒所迫当了小偷，诈骗了一个醉汉的金表，不久又自觉地把金表还给原主。谁知，《表》的作者班台莱耶夫就曾经是流浪儿，也当过小偷。后来，他被送入苏维埃政府办的少年教养院和陀思妥耶夫斯基（1821—1881）社会劳教学校学习。3年后，他离开了学校，学过放电影，当过皮鞋匠和图书馆管理员，最终弃旧图新，走上了革命道路。他的主要引领人，就是高尔基。

1926年前后，班台莱耶夫开始在报纸期刊上发表特写和小品文，后来又花了很大工夫写了一部劳教学校生活的长篇小说——《以陀思妥耶夫斯基命名的劳教共和国》。当他把手稿交给了一位"权威"审阅的时候，却遭到"白眼"；而这手稿转到了著名的苏联儿童文学作家马尔夏克（1887—1964）手里时，他大为赞许，立即送给高尔基。高尔基非常器重这个"小字辈"，丝毫不因为作者当过小偷而歧视他，马上决定出版。从此，"海阔天高，青春像冲天的鸟"——班台莱耶夫登上了20世纪20年代的苏联文坛，最终成为颇负盛名且最受欢迎的作家之一。

有劣迹的青少年本人，则应及时调整自己的心态，坦然面对缺点、改正错误，用自己坚持不懈的努力说明自己确已旧貌换新颜，以取得

人们的谅解和得到关爱，走向新生；而不应自暴自弃，甚至破罐破摔，在错误的道路上越走越远，最终会危害社会，毁了自己的一生以至于整个家庭。

在当今社会，有不少"问题青少年"，就在上述双方的努力之下"旧貌换新颜"。

英国的黑帮老大吉米·波义耳，在因杀人罪苦度 15 年的铁窗生涯中，不但自学了雕塑，还出版了自传。2003 年，他写的小说被世界电影业巨头沃特·迪士尼公司以 210 万英镑的天价独家购得版权，并把其中的故事搬上银幕。令人赞叹的是，这个昔日的"黑老大"表示，要将这笔巨款全部用于在摩洛哥修建三所学校，让穷苦孩子都能上学。

搅拌、镀汞齐和刺孔
——价值连城的"金点子"

一只俄国小船，悄悄驶进了一个英国的港口——这是 1916 年春第一次世界大战进入关键阶段的一幕。

几个俄国学者下船后直奔伦敦，急切地拜会英国负责生产军火的大臣，要他们传授光学玻璃的生产技术——英国玻璃制造商谦斯兄弟掌握这一技术。英国大臣婉言谢绝，叫他们去找法国人。

为什么俄国人急于想搞清光学玻璃的生产技术呢？因为它对战争的胜败太重要了：照相机、望远镜、放大镜、显微镜、潜望镜、测量器的镜头都离不开它，否则潜水艇、飞机、坦克等配置的光学仪器，都会成为瞎子或半瞎，普通玻璃不能替代它。

到哪里去找这一技术呢？当时只有英、法、德三国掌握了这一技术。找敌国德国，无异于与虎谋皮；而德国又正在进攻法国瓦尔登，法国也很危险，无法去。俄国人只好首选英国，于是就有了前面的一幕。

为什么只有这三国掌握这一技术呢？原来，这一技术首先是由法国钟表匠吉兰在 19 世纪发明的。其后，在 1879—1883 年间，德国物理学家恩斯特·阿贝（1840—1905）和德国化学家弗里德里希·奥托·朔特（1851—1935）也各自独立发明了这一技术。能生产光学玻璃的只有这三国。

被英国拒绝的俄国人，只好冒险来到处境危险的法国。好在当时法国正期待着俄国的援助。法国总统亲自陪着他们去会见掌握这个技术的光学玻璃制造商曼杜阿。俄国人即使答应用 100 万法郎购买这一技术，但曼杜阿还是说什么也不肯出卖。

俄国人再次碰壁之后，并没有灰心，又返英国。好说歹说，他们终于如愿。谦斯兄弟的条件是，给予 25 年的特权。

那么，俄国人花了 100 万英镑没有买到的"秘密"究竟是什么呢？"搅拌"——熬熔玻璃液时必须不停地搅拌！对此，俄国学者们面面相觑，哭笑不得。

后来，俄国人公开了这一秘密，并且对光学玻璃还做了很多研究改进。

是的，搅拌是生产光学玻璃的关键技术——它可使原料混合均匀，气泡从玻璃液中不断逐步逸出，使玻璃质地均匀、晶莹透明。怎么会不"价值连城"呢？

提起"搅拌"，恐怕任何一个稍有生活经验的人都不陌生。服用某些药物时，医生要我们"摇匀"后服用，涂抹某些外用药时也是如此。要急着喝烫开水，就用勺子、筷子之类物件"搅一搅"，可加快冷却。要把诸如白糖之类的东西溶入水中，搅拌能促使其更快溶解。用面粉煮成糨糊或用米粉煮成糊糊时，必须不停地搅拌——不然这些淀粉就会结成块，行不成预期的糊状。甚至连早期炼钢用反射炉时，也必须不断地搅动铁水，使之与空气接触，达到脱碳的目的。

搅拌的确"万能"——使原料混合均匀、反应充分、温度一致、传热加快、颗粒分散。

关于玻璃，还有一个价值连城的镜子的故事。

又是一只小船——1665 年秋一个伸手不见五指的夜晚，它从距威尼斯不远的穆拉洛小岛，划到了法国驻威尼斯大使馆的围墙边。一个瘦高的中年男子从小木船伸出头来，在确定没有人跟踪之后，迅速跳上岸去，钻进了法国大使馆的大门……

不久，穆拉洛小岛上的三名玻璃匠神秘失踪……

在此前的 1600 年，法国王后德美第西斯结婚了。意大利国王送了她一面小镜子——真小气！不，不小气——它当时价值 15 万法郎哩！

当这位法国王后经常用这面小镜子来炫耀自己的时候，大家竞相仿效。于是威尼斯的商人"乘虚而入"——把镜子源源不断地运来赚钱。在资金大量外流的严重局面下，法国人想自己办制镜厂了，但是谁也不知道制镜的"秘方"。倒是一位年老的大臣在法国皇帝耳边悄悄说了一个"金点子"，于是，就有了穆拉洛小岛上的三名玻璃匠神秘失踪事件的发生。

1508 年，意大利穆拉洛岛上的达尔卡罗兄弟发明了制镜方法——在玻璃上涂铅汞齐或锡汞齐（汞和一种或几种金属的合金被称为汞齐）。意大利政府沿袭了此前就有的保密玻璃生产技术的制度——双管齐下用优厚的待遇和"株连九族"的酷刑，把掌握制镜技术的工匠"圈"在穆拉洛小岛上。法国政府用重金策划了那三名玻璃匠的"叛逃"……

1666 年，一座足以满足法国人"摆阔"的制镜厂，在法国诺曼底建成……

在现代社会，"金点子"越来越受到人们的重视。与"搅拌"类似，下面就是一个"戳孔"的"金点子"。

20 世纪 60 年代，国外某制糖公司把方糖出口到南美时，砂糖在海运中每每受潮，损失巨大。为了减少损失，公司贴出告示：谁能解决砂糖在海运途中的防潮问题，将给予 100 万美元奖励。

这个公司有个年轻人看了告示后，很感兴趣。于是他废寝忘食地查资料、搞试验，几天过去了，仍然没有找到解决的办法。

一天深夜，他躺在床上怎么也睡不着，于是穿衣起来，拿着方糖包装盒苦思冥想，边想边看，他突然联想到了轮船的通风筒——通风筒的用途不就是防潮吗？如果把方糖包装盒的角上用针戳上孔，不是也能通风防潮么！

于是，他建议公司在方糖包装盒的角上戳上针孔，使它通风，就能防潮。公司采纳了他的建议，结果砂糖在海运途中再没有发生受潮现象——他因此获得了100万美元的奖金。

与以上"一词千金"和"一孔千金"类似，还有"一字千金"的故事。《史记·吕不韦传》记载，吕不韦叫他的门客编了一部《吕氏春秋》，公布于咸阳市门，有能增或减一字者，赏千金。后来，人们就用"一字千金"形容诗文价值极高。

近代、现代也有许多"一字千金"的故事。

1930年4月，中国的军阀阎锡山（1883—1960）、冯玉祥（1882—1948）结成反蒋联盟，发动讨蒋中原大战。阎、冯两部约定在豫、晋交界处的沁阳会合，以求全歼驻豫蒋军。可是，冯的参谋在拟制命令时，却误将"沁阳"写成"泌阳"。巧的是，豫南正好有"泌阳"一地，与"沁阳"相距几百千米。结果冯部误入泌阳，贻误了聚歼蒋军有利时机，使阎、冯联军陷入被动，导致联合作战失败。后人戏称这是"误在一撇，败在一字"上的战争。正是：多一撇，沁变泌，冯联阎兵败中原，一字何止"千金"。

1980年，乌鲁木齐市粮食局挂面厂从日本引进一条挂面生产线，随后又花18万元从日本购进了1 000卷重10吨的塑料包装袋。袋面图案由挂面厂请人设计并制出样品后，经挂面厂和新疆经贸厅机械进出口公司审查，再交付日方印刷。当1986年3月这批塑料袋从日本西渡运抵乌鲁木齐时，有细心的人发现"乌"字多了一点，"乌鲁木齐"成了"鸟鲁木齐"。于是，18万元的塑料袋成了废品一堆。正是：加一点，乌变鸟，塑料袋顿成废品，一字正值"万金"。

闪耀着中华民族文化智慧之光的汉字，虽然就那么几种基本笔形，但其不同组合却奥妙无穷，我们一点也马虎不得。

种瓜得豆的发明

——高压聚乙烯生产法

俗话说："种瓜得瓜，种豆得豆。"可是，这里却有一个"种瓜得豆"的故事。

从 1920 年起，英国卜内门化学工业公司——1926 年与其他公司合并后成立的帝国化学工业有限公司（ICI），开始了聚合物的研制工作。1933 年，他们建成了一套能耐 3 000 个大气压的高压釜，用

ICI 的一个化工厂

它在高温高压下研究由乙烯与苯合成苯乙醛的反应。参加试验的几位英国化学家有埃里克·弗塞特（Eric W. Fawcett）、J. C. 巴顿、M. W. 佩林、吉布森（Reginald O. Gibson）等。试验并没有取得成功，当时在场的化学家们都忧心忡忡："难道多年的努力要化成泡影？"不少人逐渐离去，但佩林等人却要看个究竟。当他们逐渐放松反应釜的压力阀减小釜内压力的时候，留下的人们都为试验的失败发出一阵阵"遗憾"的慨叹声——试验的确失败了，没有得到预期的苯乙醛。

此后，装置被拆除，这时人们发现，反应釜一些部位上牢牢粘着微量的白色粉末。佩林要把它看个究竟，他用手取一点粉末，放在大指与食指之间一搓。奇怪，这粉末的黏性强得惊人。这是什么物质呢？于是对粉末进行了进一步的分析研究，发现它可像化学纤维那样被抽成细丝和轧成薄膜，而且绝缘性能良好——这就是聚乙烯。

他们继续试验，以便生产聚乙烯。试验并非一帆风顺——在重复试验时曾造成严重的爆炸。不过，他们并没有气馁，终于在1935年重新试验时取得了成功。这就

高压聚乙烯生产厂

是"种瓜得豆"——发明高压聚乙烯生产法的故事。

当时，他们生产聚乙烯的生产法是在170 ℃和1 400个大气压下完成的，所以被称为高压聚乙烯。1939年，ICI将其正式工业化，1943年以后，世界各国相继建厂生产。

齐格勒

1953年，德国柏朗克研究所的化学家齐格勒（1898—1973）发明了低压聚乙烯生产法，用烷基铝和四氯化钛混合物进行催化的方法免去了高压，使聚乙烯的生产有了新的进步。该方法由总部在德国法兰克福的赫斯特公司在1955年投产。

聚乙烯是无毒、无臭、无味、化学稳定性好、耐低温、绝缘、防辐射、易于加工的高分子塑料。低分子量的聚乙烯一般无色，高分子量的聚乙烯则是乳白色的蜡状粉末。聚乙烯的密度总是比水小——因制法不同可在920～960千克/米^{3}之间。它由乙烯在一定条件下聚合而成。可制成食品袋，塑料壶、杯盘等生活用品；也可在工业上制成管件，电工部件的绝缘物，防辐射衣，海底电缆等；制作高频雷达设备也可用上它。按生产时的压力不同，聚乙烯通常分为高压、中压、低压三种。

要认识日常生活中的聚乙烯么，请看中华人民共和国国家标准《包装回收标志》（GB 18455－2001）中，对塑料饮料瓶底或者塑料饮水杯底等的规定标识吧。在图示 ♺ 中标有"2"的是高密度聚乙烯

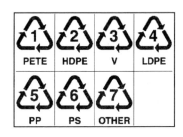

（HDPE，其中的"PE"代表"聚乙烯"），标有"4"的是低密度聚乙烯（LDPE）。顺便告诉您，在标有"1"～"7"的七种中，只有"5"代表的聚丙烯（PP）才能在"高温"（大约不超过130 ℃）下长期使用，因为它的理化性质稳定，不易老化。

塑料包装材料和容器等的"可回收再生"标志

要认识日常生活中的聚乙烯么，请看您身边的塑料袋——常见的塑料袋多用聚乙烯薄膜制成，例如其中菜市场常用的塑料袋，就是由低压聚乙烯薄膜制成的。

佩奇曼　　　　　班贝克

上述种瓜得豆的故事给我们深刻的启示。对于失败，要进行耐心细致分析、观察、研究。如果漠然置之，就不能"吃一堑，长一智"，佩林等人也不会发现那些白色粉末。即使发现，也会将它们当成"讨厌的东西"丢掉，聚乙烯的生产会被推迟多年。

说起来也是巧合——聚乙烯的实验室合成方法也是偶然发现的。1898 年，德国化学家汉斯·冯·佩奇曼（1850—1902）和他的同事尤金·班贝克（1857—1932）等，偶然发现了他们新得到的蜡状物质具有"－CH$_2$－"长链——他们称之为聚亚甲基，实际上就是聚乙烯。

"有心寻宝宝未见，无意求珠珠自投。"科学史上屡见不鲜的这类故事，的确会使我们受到启迪：应紧紧抓住意外出现的偶然事件，而这只有有准备的头脑才能做到；粗心的人则只会视而不见，错失良机。

光环为何罩 "圣人"
——神秘的人体辉光

"星星点点的光亮，宛如仙境漂浮的尘粒；闪烁明灭的光点，就像篝火迸出的火星；带状条形的光亮，好似喷泉射出的液体。所有这些光都是蓝色的——就像置身于催眠之后的梦幻世界。我简直不敢相信自己的眼睛——到处都是迷人的光亮。"

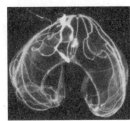

水母等动物在深海中发光

1984 年，迄今已数百次乘坐自己改装的潜水艇，对深海发光生物进行系统研究30 多年的美国深海生物学家伊迪丝·安妮·（伊迪）·威德·史密斯（1951—）博士，穿着潜水服潜入大西洋深达 800 米的海下时关掉了灯光，和鱼虾等"同游共舞"。等她的眼睛适应过来之后，见到了面前"灯火闪亮"的"水中仙境"——她自己后来有如上描述。

威德准备潜水

深海中的动物会发光，那么，深海的植物呢，陆地上的动植物呢？

科学研究表明，水中的、地上的动植物，都有发光现象——其中最神秘的是我们人类自身发出的辉光。

在一些国家古老的宗教图画中，人们经常可以看到，那些被人崇拜的圣人站在发着薄光的云雾之中。早期的基督教徒则用光环来描绘他们神圣的始祖——耶稣。在中国，佛祖释迦牟尼的头周围，也有"佛光"笼罩。

"圣人"被光环笼罩

在20世纪后半叶，列宁格勒（今名圣彼得堡）的俄罗斯物理学家康斯坦丁·科罗特科夫（Konstantin Korotkov）博士，也注意并研究过类似现象：基督教的圣像上圣者头部总是被光环包围，印度和南美的宗教人物也有类似现象？这是一种偶然的巧合呢，还是某种物理现象？这种光环确实存在吗？

在1669年，意大利已有关于一个女人能发光的记载。

1911年，英国伦敦有一个叫华尔德·基尔纳的医生，用一种双青花染料刷染了一块玻璃，他用这块玻璃首先观察到人体的外围确实有一圈光晕，宽度约为15毫米，色彩瑰丽，忽隐忽现，令人称奇。他还发现，光晕的具体形状和色彩，都随人的健康状况而改变。基尔纳用他的方法看到了人体辉光，其后科学家们又发明了不少仪器，对人体辉光进行了进一步的研究，得出了许多有用的结果。

列宁格勒一位叫杰纳提·塞杰耶夫的苏联神经生理学家，就发明了一种能记录与心电图相连的静电和磁场变化的仪器，发现人体某些部分所显示的明亮闪光，恰好与针灸图上的741个穴位一致。

在20世纪30年代，又发现了一个能发光的女郎——她夜间行走时，仿佛有一道光环围绕全身。

基尔里安摄影术

1937 年，电工出身的俄国-苏联科学家、发明家谢苗·达维多维奇·基尔里安（1898—1978）和他的妻子——教师、记者瓦伦蒂娜·克里萨诺芙娜·基尔里安（？—1972），在研究电磁场时，无意中发现有机体和无机体都存在发光现象，而且人的心理和生理状况不同，发光的特点也不同。由于他俩是世界上发现并证实人体是发光源的第一人，所以人体发光现象被冠以"基尔里安现象"。"基尔里安摄影术"（Kirlian photography）即"体光摄影术"——一种利用高频电流记录人体周围的明亮辉光的照相术，也由此诞生。

看来，似乎人体周围的确存在辉光。当然，古人是否也看到这种辉光，因而在他们的绘画中为圣人罩上这种辉光；还是并没有看到辉光，而是用光环表示他们对圣人的崇拜，也就不得而知了。

那么，人体周围为什么会有辉光呢？

1978 年，苏联科学家再次对人体发光现象进行试验，弄清了基尔里安现象的物理特性。原来，每个人的周围都存在弱电磁场，当空气中的电子进入该磁场时开始加速，并电离空气分子，于是，空气分子发射光子——主要是光谱的天蓝色和紫外线部分。电磁场在这个过程中通过气体放电使粒子得到加强，结果是每个人都被自己独有的、看不见的光线包围。

丹麦名医与解剖学家巴尔宁、英国著名科学家席利斯特里、意大利科学家普罗斯基却著书认为，这是人体内某些物质在细胞有丝分裂射线激发下，放出黄光的缘故。

在 20 世纪 80 年代以后，美、日等国的科学家们相继用高科技仪器对人体辉光进一步进行了研究。例如，日本用世界上最敏感的、用

于微弱光线检测的光电信增
管和医学装置，成功地对人
体放射出来的辉光进行了图
像显示，并把这一研究成果
用于医学和保健。

基尔里安摄影术的世界权威——科罗特科夫

科罗特科夫认为，每个
人从出生前在母亲肚子里，
到后来的整个一生，甚至死后都有能量场。通过能量场能判断一个人
的心理和生理的健康状况，分析他的性格特点。为此，他发明了气体
放电目视法，使得能量场能够看得见，并应用于医学、体育等领域。
进入 21 世纪之后，他正考虑将气体放电直观仪的图像直接在电视机上
显现，这样，就能直接看到自己的能量场了。

20 世纪 70 年代中期发现"一切生物体
都持续发出微弱光子流"的德国生物物
理学家弗里茨·阿尔伯特·波普
（1938— ）；他在学生的协助下制造的
仪器，检测生物发光

进入 21 世纪，科学家收集到的
大量资料证明，对能量场的评价，对
大运动量的运动员也很重要。例如，
对屡获"奥运会"摔跤冠军的亚历
山大·卡列林（1967— ）的调查表
明，只要踏上地毯，他就进入特殊状
态。对他来说，周围的世界不再存
在，大脑投入人体所有储备，只为达
到既定目标。这种罕见的状态在运动
员的能量场得到反映——即使运动员
只是思想上"备战"也是如此。

圣彼得堡军事医学科学院的科学

家，还利用气体放电直观仪分析女性右手无名指的发光状况，预测孕
期进展、母亲和胎儿会不会有危险等。日本京都大学研究生理节奏的
生物学家岗村均（音）在 2009 年的一项研究中则说，人体发出的微弱

光线与新陈代谢、生物钟有关，捕捉到这种微光（强度仅为肉眼可感强度的1/1 000）的镜头可以帮助发现疾病。

由此可见，对人体辉光的研究不仅仅是一种科学研究或好奇，而且具有实用价值。

那么，不同部位、不同状况的辉光又有何不同呢？

人们发现，头部的光晕呈浅蓝色，手臂辉光则呈青蓝色，手、脚辉光比胳膊、腿、躯干的辉光亮度要强。人在心平气和时辉光呈浅蓝色，发怒时则变为橙黄色，恐惧时又变成橘红色。辉光还会随年龄的增长而增强，但中年以后又日渐减弱。身体强壮的运动员比一般人辉光要强一些。

东北大学的日本医学家稻场文夫教授用一种能精确计数光子个数的仪器，发现了不同饮食的人辉光也不一样：北欧、北美人生活水平高，辉光较亮；南美、非洲人生活水平低，辉光较暗。辉光通常厚约15毫米。

人体在生病之前，会发出一种类似太阳"日冕"的辉光。一般呈红亮色的光说明健康状况良好，呈灰暗色的辉光则说明病情严重。癌病患者发出很强的"之"字形辉光，其血和尿比健康人相应成分的辉光强几倍。

有人拍到一个饮酒者手指辉光的变化：开始是一个清晰、发亮的光斑，其后呈现不调和的辉光，并变得暗淡，且无力地向内闪烁。

烟瘾小的人，辉光基本正常。瘾大的人则在吸烟增多时，辉光出现跳动和不和谐的光圈；吸烟特多时，辉光会脱离和手指尖的接触而偏离中心。

人体辉光还是爱情的"标志"。美国学者曾在一家照相馆用一种高科技微光检测仪，对一些拍订婚、结婚照的男女进行观测。发现情侣手挽手时，女性指尖上的光晕特别亮并向男方的指尖延伸过去；而男性指尖光晕则会后缩以顺应女性光圈。每当两性真情拥抱接吻时，彼此的辉光会交织在一起，且显得分外明亮。有趣的是，"单相思"遇到"意中人"时，两人的辉光会一弱一强，一暗一亮；由此，科学家们认为，利用人体辉光，可检测出恋人是否真心相爱或组成家庭的可能性。

电子工程师里克松的实验表明，人体辉光还随思维方式、行为意向而变化。例如，一个人想用刀子捅死另一个人时，他指尖的光辉就会变成红色旋光；而预感的受害者指尖的辉光会变成橘红色的一团，弯曲下去，似痛苦的样子，身上则会骤然出现蓝白色的光晕。当犯人说谎时，身上的辉光则出现种种色彩斑点的交替闪耀跳动。

既然人体会发光，那为什么大家都没有用肉眼看到呢？原来，发光的能量太小了。据计算，大约11万亿人的发光的能量，才和1克蔗糖完全燃烧发出的能量相等！

科学家接下来的任务是解释电脑图像和用于临床。原来，一个充满活力、身体健康的人发出的光是明亮的、稳定的；而能量紊乱和正在发炎的人，发光不协调、不均匀、模糊不清；那些暂时没有症状但即将患病的人，发光渐渐消失、不稳定、不连贯。所有潜在的问题首先在能量场的图像上得到反映。医生根据这些资料和其他检测结果能够做出诊断和进行治疗。

在诊治疾病方面，科学家已从动物着手进行了试验。2009年，美国新奥尔良珍稀物种奥杜邦中心的科学家贝齐·德雷瑟等，已培养出世界上首只能在黑暗处用紫外光照射下发绿光的"夜光猫"——"绿色基因先生"。用基因技术（植入"绿色荧光蛋白"）培养它的目的，是为了找到对抗基因疾病的方法。

对于神秘的人体辉光是不是真的存在，又是怎么产生的，科学家们尚无完全统一的定论。一种看法是，这是由体表的某种物质、射线和空气复合而产生的。也有人认为是水气和人体盐分与人体高频电场作用的结果。还有人认为是人体的光导系统——经络系统在显示它的"庐山真面目"，凡是穴位处的辉光最亮。西迈扬·柯利尔说是光的密码文字，它是需要人们继续探索的自然界的特别规律。也有人说是宗教在宣传迷信。心灵学家则认为是人的灵魂、人不死的精神的展示，这种神秘的解释似乎已经具有迷信的色彩了。

大自然的奥秘实在太多了，以至于我们必须游走在科学和迷信之间——在事物神秘的面纱没有被揭露之前，穷巷多怪的我们经常把解释不通的事物斥为迷信；而"别有用心"的人却给迷信披上科学的外衣，让别人迷惑不解或上当受骗。后者的实例屡见不鲜，前者最典型的实例是下面"法老咒语"的解读。

在古埃及法老图特卡蒙的陵墓上，镌刻着这样一行墓志铭："谁要是干扰了法老的安宁，死亡就降临在他的头上。"数百年来，这个"法老咒语"果然一次次让"干扰法老安宁"的盗墓贼或者观光客、考古学家有去无回。于是近几十年来，电影、电视、小说等把"法老咒语"渲染得神乎其神，让人望而却步，一些科学家则把它斥为迷信。在2003年，埃及古文物秘书长、考古权威扎西·哈瓦西博士撰写的新书，全面驳斥了"法老咒语"。原来，法老陵墓中充满着可以致癌的氡气，以及法老木乃伊身上有足以致命的病菌孢子——它可以存活数世纪之久，果真被德国微生物学家哥特哈德·克拉默在1999年找到。它们就是真正的"法老咒语"——于是"迷信"摇身一变，成了科学。

生物学家为何大发雷霆
——离奇的鸭嘴兽

"简直是骗子，"一位英国生物学家怒不可遏，"哼，还想蒙我们大英帝国的内行！"

"哼，还想蒙我们大英帝国的内行！"

1800 年，有人从当时的"日不落帝国"——英国的殖民地澳大利亚送来了一个动物标本给英国生物学家。英国几位著名的生物学家看到这种既生蛋孵雏，又要喂奶的动物标本后，不但没有感谢送来珍稀标本的人，反而大发雷霆。他们断言，这个标本不是某一种动物的标本，而是几种动物拼凑起来的，是一个"伪造品"。他们还扬言要追查是什么人敢搞恶作剧，来戏弄、欺骗"大英帝国"的生物学家。

走兽生儿喂奶，飞禽下蛋孵雏；这是"常识"，也是区别兽类和鸟类的简单方法——胎生为兽类，下蛋为鸟类。人们从来没有看到过既生蛋孵雏，又要喂奶的动物，所以英国的生物学家认为别人是在"欺骗"他们，就不足为奇了。

英国的生物学家们没有受到"欺骗"，还有另一个原因，就是他们有这方面的"教训"。在 18 世纪中叶，有人将几条"真正的美人鱼"送到伦敦展览，曾轰动了英伦三岛。随后，在美国纽约也举办了同样的展览，也轰动了全美。其中一个最著名的标本叫"菲吉美人鱼"。可是没过多久，经有关科学家查验，发现这个"真正的美人鱼"原来是把猴头缝在鱼身子上的伪造品。在这个背景下，就怪不得英国生物学家们会否定送来的动物标本了。

由此可见，英国生物学家们是用他们的生物知识和"教训"来识别真伪的，真是做到了"万无一失"！

这回英国生物学家们却错了——送来的动物标本是一只真正的鸭嘴兽（*Ornithorhynchus anatinus*）标本。事实上，仅仅过了一年的1801年，一位英国动物学家把他收到的一只鸭嘴兽标本进行了详细的解剖之后，郑重宣布：地球上确实存在这种既生蛋又喂奶的动物——鸭嘴兽。

英国生物学家们的这次错误有两个教训：囿于已有生物知识故步自封，不经过调查研究就急切否定还没有认识到的但有可能存在的新

1913 年建的丹麦美人鱼铜像　　　1938 年建的华沙美人鱼铜像

物种；按经验主义办事，用曾被"美人鱼"标本欺骗的"教训"，来进行错误推理——凡是类似的标本都是骗局。事实上，鸭嘴兽是真实存在的，而"美人鱼"是否存在则是有争议的。

早在距今2 300多年前，巴比伦的史学家巴罗索斯在《古代历史》一书中就有关于"美人鱼"的记载。古罗马自然科学家大普林尼（23—79）在《自然史》一书中则把"美人鱼"称为"尼厄丽德"。中

国宋代古书《祖异记》和五代宋初学者徐铉（916—991）的《稽神录》中，具体描述了"美人鱼"的形态。1962 年，苏联试图捞回一艘在古巴外海莫名其妙沉没的载有核导弹的货船时，包括俄罗斯列宁科学院的维诺葛雷德博士在内的科学家与军事专家，发现并摄录了一条头部有鳃、身上有鳞的小孩人形鱼。挪威华西尼亚大学的人类学家莱尔·华格纳博士，英国海洋生物学家、英国皇家学会会员安利斯汀·爱特博士等，则认为"美人鱼"是一种还没有被发现的、有尾巴的"海底人"。中国的一些生物学家则认为"美人鱼"可能是一种叫"儒艮"（俗称海牛，1975 年中国曾捕捉到）的哺乳动物。就在这些"肯定"声中，闻名全球的"丹麦美人鱼"和"华沙美人鱼"就分别矗立在哥本哈根的朗厄里尼港湾海滨公园和华沙的维斯瓦河西岸。而"美人鱼"的形象，也不断出现在许多文艺作品中。

蓬托皮丹

不过，在挪威当过私人教师的丹麦博物学家、作家、历史学家、古董商——1747 年成为挪威卑尔根（Bergen）大主教的埃利克·蓬托皮丹（1698—1764），于 1752 年、1753 年出版的两卷本著作《挪威自然史》（*The Natural History of Norway*）中，则怀疑"美人鱼"的存在。

当然，犯判断错误的还不止英国生物学家。被马克思誉为"欧洲最博学的人"和被他的三女儿爱琳娜·马克思－艾威琳（1855—1898）誉为"哪一样也不外行"的恩格斯（1820—1895），也犯过同样的错误。

在 1801 年英国那位动物学家郑重宣布生蛋的鸭嘴兽是哺乳动物之后，人们的认识仍然存在分歧——恩格斯这时也不相信鸭嘴兽是哺乳动物。1843 年，恩格斯在英国曼彻斯特看到一只蛋，当有人说这是从澳洲带来的鸭嘴兽的蛋时，他哈哈大笑。他说，既然鸭嘴兽会下蛋，

就不是哺乳动物；是哺乳动物，就不会下蛋。不过，他后来知道鸭嘴兽确是生蛋的哺乳动物时，就马上改变看法，并以自己的失误为教训，警示别人。例如，在1895年，他在写给康·施米特的信中就说："1843年我在曼彻斯特看见过鸭嘴兽的蛋，并且傲慢无知地嘲笑过哺乳动物会下蛋这种愚蠢之见，而现在却被证实了！

恩格斯

因此，但愿您不要做我事后不得不请求鸭嘴兽原谅的那种事情吧！"这段提示友人的话，表现了一位伟大革命导师坦荡的胸怀和高尚的品质——"人最高尚的行为，除了传播真理，就是公开放弃错误"。读罢英国外科医生李斯特（1827—1912）的这段至理名言，使人对恩格斯更加肃然起敬！

陆地上的鸭嘴兽

鸭嘴兽是一种生活在澳大利亚东部和塔斯马克岛等地的珍稀动物。今天，已被澳大利亚政府列为濒临灭绝的动物，受到政府和国际动物保护组织的严格保护。

鸭嘴兽是一种十分离奇的动物。它的嘴巴像鸭嘴，前后脚五趾间长着很大的蹼，尾巴扁平适于水上运动；全身浓褐色短毛密布，四条腿很健壮，像龟一样爬行走路。由于它全身被毛，又哺乳养子，确定它是一种哺乳动物；但它又下蛋孵雏，所以又像鸟类，它的生殖孔和排泄孔合二为一、行走匍匐前进等特征，说明它还残留着它的祖先——爬行动物的一些特点。也因此，它被视为哺乳动物源于爬行动物的"活证据"，这也是它"珍贵"的原因之一。它是现存哺乳类动物中最古老而又原始的一种。由于它的构造具有哺乳类从爬行类进化而来的许多证据，所以受到动物学界的重视、研究。

鸭嘴兽生活在河边，用五趾末端的尖钩爪打洞为家。它住的洞有两个出口，一个在水中，一个在陆地上，都被乱石或杂草掩护，很难被人发现。它一般昼伏夜出，常以食水中小动物为生。捕食时，将泥水和小鱼、小虾、贝类、蚯蚓、水生昆虫等一起吸入嘴里，经过嘴里的"过滤

水中的鸭嘴兽

器"将食物留在嘴内，泥水就滤出到外面。这些食物不是马上进入腹内，而装在颊部的一个袋子中，贮满后才带回去美餐一顿。因为它长期在洞内生活，眼睛很小，一般不离水登陆。

鸭嘴兽哺乳

鸭嘴兽交配约在每年10月。雌兽生下的不是小兽，而是1到3个长不足2厘米的软壳蛋。雌兽像鸟一样把蛋孵成小兽。小兽体小无毛嘴短眼闭，与长大了时候的样子不完全相像。

鸭嘴兽哺乳也很特别。母兽没有乳房，因此小兽也不是从奶头处吸吮乳汁。母兽的乳腺在腹部，从一个小孔顺毛流出乳汁。哺乳时，母兽仰卧，乳汁流进腹部中线上一条没毛的沟槽内，小兽就爬到母兽腹部，用小嘴舔食乳汁。这种哺乳方式是哺乳动物中最奇特的。

鸭嘴兽最早是英国、德国人发现的。在19世纪70年代，几个英国学者在澳大利亚旅行。一天，他们得到一张长五六十厘米的奇怪兽皮：它前后脚趾间都有很大的蹼，嘴巴形状很像鸭嘴。可惜他们没认真研究，就认为这是好事之徒玩的骗人的把戏。事隔一年之后，英国和德国的两位动物学家对这种兽皮做了仔细研究，终于肯定了它的真实性，并分别取名为"鸭嘴扁脚兽"和"奇异的鸟嘴兽"，中国则称它为"鸭嘴兽"。

迄今人们已发现4 000多种兽类，都是胎生的，仅有鸭嘴兽和针鼹

针鼹

（tachyglossidae）两个例外。当然，还有一类既卵生又"卵胎生"的动物。例如，在多数时候卵生的爬行类动物蜥蜴，在温暖地方是卵胎生的。所谓卵胎生，是指受精卵不是纯粹地待在子宫内由胎盘供给养分，而是先在卵内发育，靠卵内的养分成长为幼小的个体，然后进入子宫，最后分娩产出。

笑翠鸟

针鼹生长在澳大利亚的塔斯马克岛和伊里安岛上。它的外形像刺猬，口中无牙，用黏湿的长舌快速地舔食白蚁或蚂蚁。它四肢坚强，各趾上长有强大的钩爪，用于掘土和掘蚁巢。1884 年，科学家们发现它也是卵生的。有趣的是，到了繁殖季节，雌针鼹就像袋鼠那样，在腹部长出一个育儿袋。它产下与鸭嘴兽卵大小类似的卵之后，就用嘴巴把卵衔入育儿袋中孵化。有趣的是，它产的卵只有蛋黄，没有蛋白。小兽出生后，留在袋内，从母亲毛束中舐吸滴落下来的乳汁——它也没有乳头。这样，经过约 50 天后，小兽长大，离开母体，育儿袋也随之消失。

2000 年夏季奥运会吉祥物

后来，生物学家们还发现了"卵胎生"的动物——例如某些蛇类。不过，它们实际上也是卵生，只不过卵在自己体内的"育儿袋"中孵化而已。

2008 年，由美国华盛顿大学牵头的各国科学家破解了鸭嘴兽的基因组，发现它兼有哺乳动物和爬行动物这两类截然不同动物的特征。研究成果发表在当年 5 月 7 日的英国《自然》周刊上。

　　天设地造、鬼斧神工，由兽鸟合一的鸭嘴兽和针鼹，让我们窥见了大自然神奇的杰作。澳大利亚于 2000 年悉尼举办的夏季奥运会，则以"三合一"的笑翠鸟（Laughing Kookaburra）Ollie、鸭嘴兽 Syd、针鼹 Millie，作为吉祥物。

雷恩含"冤"300 载
——一座"嘲笑无知的建筑"

20 世纪末，英国英格兰南部伯克郡（Berkshire）小镇温莎（Windsor）的温莎市政厅（Windsor Guildhall）游人如织——人们云集这里，参观一座名副其实的"嘲笑无知的建筑"。早在 1689 年，著名的建筑师克里斯托弗·雷恩（1632—1723）受命设计建造温莎市政厅。原来，从在 1687 年开始建造温莎市政厅的建筑师托马斯·菲茨（Thomas Fitz 即 Thomas Fiddes）爵士，不幸在 1689 年辞世。雷恩的出生之地——温泽郡（Wiltshire）东部小镇诺伊尔（Knoyle），就毗邻东面的伯克郡（他童年时就住在温莎）。

雷恩不负重托，应用工程力学的理论知识和多年的实践经验，巧妙地设计了只用一根柱子支撑的大厅天花板。经过一年多的施工，大厅圆满竣工。

但是，在市政府"权威人士"进行工程验收的时候，却说只用一根柱子支撑天花板，保障不了大厅的安全，责令雷恩再多加几根柱子。雷恩自信只用一根坚固的

雷恩

柱子足以保障大厅安全，就据理力争，并列举了相关的数据和实例。不料，他的争辩却惹恼了市政官员，险些被送上法庭。无奈，为了应付这些"权威人士"，雷恩只好在大厅内增加了四根柱子。

300 多年岁月流转，市政府官员换了一任又一任，但一直没有发现

有什么异常，市政厅的天花板至今也没有出现任何险情。当年的温莎（Windsor），也随着 1974 年温莎皇家自治市（Royal Borough of Windsor）和梅登黑德（Maidenhead）市的成立，两个城镇理事会合并；从此，虽然委员会会议仍然在温莎

温莎市政厅南侧（1829 年延建）之夜灯火通明，展示了雷恩的开放式地面

市政厅召开，但已被更多地用于礼仪活动。直到 20 世纪末，市政府准备修缮大厅的天花板的时候，才发现了当年的"秘密"——原来雷恩是个"瞒天过海"的高手。

雷恩增加的这四根柱子，实际上根本没有与天花板接触（其间相隔了在地面无法察觉的 2 毫米），只不过是"弄虚作假"、装装样子——为了应付这些愚昧无知的"权威人士"。

这个 300 多年一直未被发现的"秘密"经当地新闻媒体曝光后，立即引起了世界各国建筑专家的兴趣，一些游客也慕名而来，想亲睹这座"嘲笑无知的建筑"。最为人们称奇的，是雷恩当年刻在中央圆柱顶端的一行字：自信和真理只需要一根支柱。明智的当地政府，对他们的"前任"的失误也不加任何掩饰——在 21 世纪到来之际，特意将大厅作为一个旅游景点对外开放。政府还专门招聘了几位"靓妹"当解说员，向游人介绍大厅的建筑历史和发现其中"秘密"的过程，旨在引导人们崇尚科学，相信科学。

从此，雷恩的"冤案"也"平反"了。他说过的一句话，对我们有直达心灵的镜鉴："我很自信。至少 100 年后，当你们面对这根柱子时，只能哑口无言，甚至瞠目结舌。我要说明的是，你们看到的不是什么奇迹，而是我对自信的一点坚持。"

是的，就是这种自信与坚持，雷恩成了解剖学家、天文学家、数学家、物理学家、英国历史上被高度赞誉的建筑师之一，以及被封为

爵士，被选为英国皇家学会第三任会长（1680—1682 在任）……

"天下一绝"——真武阁　　　　真武阁二楼的四根悬空大内柱之一

不过，像温莎市政厅这样的"悬空建筑"，并非绝无仅有。

被誉为"江南四大名楼"（"江南四大名楼"有多种说法）之一的中国广西容县的真武阁，建成于 1573 年。距今已有 445 年的"天南杰构"真武阁，历经 5 次大地震和 3 次强台风袭击，仍安然无恙。更让人称奇的是，它二楼的四根大内柱虽承受上层楼板等沉重的荷载，但竟然全部悬空，离地面 3 厘米！

原来，这"头顶千钧，脚不落地"的奇观，是用杠杆原理造就的。

"欲纵故擒"之后的土豆
——"魔鬼苹果"变"天果"

1787年的一天，一支身穿仪仗服的、全副武装的法国波旁王朝国王（1774—1792在位）路易十六（1754—1793）的卫队如临大敌，守护在法国著名农学家安托万·奥古斯丁·帕门蒂尔（1737—1813）的一块土地旁。

是何方神圣要大驾光临呢，还是发现了奇珍异宝，还是……

面对严正以待的国王卫队，帕尔曼切的乡亲们大为惊讶——远远地在周围窥视，互相打听着，猜测着，议论着，想揭开这个"秘密"。有人相信，这块土地里种植的，一定是专供皇室食用的"天果"。

帕门蒂尔

"禁果"——土豆

"晚上见！"一个好奇的农民诡异地自言自语——他想在晚上来这块土地看个究竟。

黑夜来临了，帕门蒂尔让守候一天而"疲惫不堪"的国王卫队回去睡觉。子夜时分，突然一个黑影在夜幕的掩映之下出现在帕门蒂尔的那块土地里。只见他——那个好奇的农民，迅速拔出地里的"天果"，然后悄然消失在伸手不见五指的夜色之中……

当然，不只是那个好奇的农民才有如此"奇思妙想"——人类被天生的好奇心引诱，每到夜阑人静，一批批的农民先后都到那块土地里去"偷食""禁果"。

就这样，大量"禁果"被偷出来了——种在各自的菜园里……

等到"秋雷催百籽"的时候，乡亲们挖出"禁果"，煮熟了吃——"咦，味道好极了!"

那么，这"禁果"究竟是什么呢? 其实，它不是什么"天果"，而是平平常常的土豆。

土豆源于美洲，那里的印第安人种植土豆的历史，可以追溯到公元前2800年左右。他们对土豆偏爱有加——例如印加文化被称为"土豆文化"，其"土豆崇拜"让他们每年都要对土豆举行隆重的祭祀仪式。

1570年，土豆由哥伦比亚引入西班牙，此后向欧洲其他国家传播。在中国，土豆又名马铃薯、洋芋、山药蛋，大约在16—19世纪经多个途径传入。

时光流逝到1785年。在1756—1763年的"七年战争"期间担任军医、药剂师的帕门蒂尔，在这一年把土豆移植进法国;但人们品尝后觉得苦涩难咽，吃了发芽的土豆还舌头发麻，全身出现中毒症状。于是人们纷纷指责帕门蒂尔，还把引起中毒的土豆扔进柴火中烧掉。此外，因为土豆长在地下，迷信的人把它叫作"魔鬼的苹果";医生们认为它有害于健康;而农学家们则断言它会

土豆的块茎和植株

使土壤变得贫瘠。这样，虽然法国引进土豆已有好长的时间，但一直得不到推广。

不过，就在土豆扔进柴火中烧掉之后，烟火中竟冒出诱人的香味，

中毒的人觉得很奇怪。一阵忙乱之后，他终于在烟灰中找到几个烤熟的土豆。大家一品尝，发现它比面包还香，这令众人啧啧称奇，一致称它为"第二面包"或"地下面包"。路易十六也听到了这个"奇闻"。

帕门蒂尔呢？他在国外品尝过土豆的美味，回到法国后，决意要在自己的故乡培植它，然后向全国推广。虽然土豆长得很好，但他花了很长时间和许多精力都无法说服人们去种植土豆，于是请求国王路易十六出面帮忙。

就这样，在对土豆有好感的路易十六的帮助下，君民就一起玩了前面那"欲纵故擒"的花招。

路易十六还下令推广种植土豆，并"以身作则"——在宫内种植，开花之后还亲自把蓝、白花朵做成皇后头发上的冠饰。从此，"第二面包"的名声大震。

"魔鬼的苹果"并没有给人们带来灾难，也没有使土地变得贫瘠。就这样，土豆被大量种植并在法国，进而在欧洲传播开来。

土豆含有人体所需的几乎各种营养素，所以也被称为"植物之王"。在每百克土豆中，含蛋白质2.3克（为完全蛋白质，易吸收）、脂肪0.1克（在所有充饥食物中最少）、碳水化合物16.5克（是低热量食物，不含单糖而利于糖尿病人）、钙11毫克（以下略去单位"毫克"）、铁1.2、磷64、钾342、镁22.9、胡萝卜素0.01、硫胺素0.1、核黄素0.03、烟酸0.4、抗坏血酸16。土豆味甘、性平，具有和味调中、健脾益气、补血强肾、保持血管弹性防止动脉硬化和冠心病、保持关节腔里关节面和浆膜腔的润滑作用、防止肝脏和肾脏中结缔组织萎缩、美容减肥等功效。食用时应注意土豆的皮和发芽、发绿的土豆不要吃。

如今，土豆已经同小麦、稻米和玉米一起，列为人类生存的四大基础粮食作物。无论是"色拉"，还是"土豆烧牛肉"，都已成为地球人餐桌上或在车站等公共场所最常见的菜肴。

"117 = 11. 7"
——三十烷醇增产作用的发现

早在 1933 年，人们就发现了三十烷醇。其后多年，它却仅仅是一种有机化学试剂，默默无闻地待在化学家的实验室里，没有人发现它的神奇功能。

1975 年，美国密执安大学的园艺系教授里斯（S. K. Ries），带着他的学生用切碎的苜蓿茎叶作基肥，把它施在番茄地里，要求每公顷施 117 千克；但其中一位学生把 117 看成了 11.7——只在一公顷地里施了 11.7 千克。事后，他才向教授承认了自己的差错，但木已成舟。

不过，奇怪的事情发生了。在收获的时候，大家惊奇地发现，仅施了 11.7 千克肥的那一公顷番茄地，与施了 117 千克肥的一公顷番茄地一样，都增产一吨番茄——增产数完全一样！

多么奇异的现象啊？这引起了里斯的深思和研究。

苜蓿是一种豆科的草本植物，全世界都用它作绿肥或牧草。里斯认为，单靠它的氮、磷、钾等肥素是不会有这样大的增产幅度的，更不可能发生上述 "117 = 11.7" 的现象。很可能苜蓿中存在一种目前还不知道的、只要少量就可起巨大作用，太多也没有作用的活性物质。那么，它是什么物质呢？

于是，里斯着手试验、分析、研究其中的化学成分，终于在 1977 年（发表论文时间）发现是一种白色鳞片状的结晶物，在起这种特殊的作用。最后，经过熔点测定、质谱分析等一系列理化检测，终于揭开了它的"庐山真面目"。原来，它就是"年龄"44 岁的、结构并不十分复杂的物质——三十烷醇。

三十烷醇是一种神奇的无毒植物生长调节剂。它的来源非常广泛。除了苜蓿，草莓、向日葵、玉米、棉花、茶叶、竹叶等植物中，各种虫蜡和褐煤中都含有。也可以用更简便的人工合成法制取。

三十烷醇使用简便、用量少、效率高、成本低。用纯的物质 1 克稀释到 0.1×10^{-6} ～ 5.0×10^{-6}，即可喷施 200 ～ 500 亩（1 亩 = 1/15 公顷）农作物，使其大幅增产。例如，里斯的部分试验结果是，大麦增产 67%，番茄和土豆各自增产 49%。

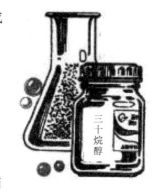

三十烷醇适用的作物，也非常广泛。稻类、麦类、玉米、高粱、豆类、花生、土豆、甘薯、甘蔗、柑橘类、瓜类、茄子、萝卜类、莴苣、茶叶、蘑菇类都可施用。

三十烷醇还具有促进种子发芽和茎秆、根系生长，促进植物水分吸收，提高植物光合作用强度，增加开花数量，提高结实率并促进其早熟的作用。

后来，人们又发现了比三十烷醇更好的植物生长调节剂，而且功能也不仅限于增产了。例如 1999 年 5 月，中国科学家们制成了一种抗小麦倒伏的植物生长调节剂，农民高兴地把施用它的小麦称为"铁杆小麦"。

其实，许多物质的神奇作用都是偶然发现的——芸苔交酯和"伟哥"是另外两例。

1968 年，美国植物学家米歇尔退休后，由于爱好娇艳多姿的花卉，他偶然发现花粉中有一种人们未知的生物活性物质。

米歇尔的这一发现，立刻受到美国农业部贝尔茨维尔农业研究中

花粉中有未知的生物活性物质……

心的高度重视。他们还专门成立了一个研究小组进行研究——用从欧洲油菜花粉中萃取的一种物质对植物幼苗进行处理。结果，发现幼茎生长十分迅速。研究小组的组长曼达华博士高兴极了，他认定在花粉中有一种高浓度的生物活性物质。于是，他们在费城建立起一个小型试验工厂，用丙醛对欧洲油菜花粉进行萃取，从 225 千克花粉中得到了 10 毫克晶状物质。经光谱等测定，这是一种有 7 个内酯环的天然类固醇。

曼达华对每株幼苗喷洒 1 微克这种物质，植株的长势明显增长。后来证实，这是一种能促进植株生长的生物活性物质，被命名为芸苔交酯。

过去的植物生长调节剂，只能诱导生根，控制植株早熟，提高植物的抗寒性、抗虫性等。芸苔交酯则能使蔬菜、谷物及其他农作物增加产量。例如，用芸苔交酯处理萝卜和莴苣的幼苗，可使萝卜与莴苣分别增产 15% 和 30%。

"伟哥"的作用本来是保持血压维持在一个高水平上的，但有人却异想天开——给没有血液的植物做试验。可这一试却得到了意外的惊喜——植物的花能延长花期，最多的可延长 7 天！

植物生长调节剂，是指人工合成的、具有植物激活性的物质。植物自己产生的、运往其他部位后能调节植物生长发育的微量有机物质，则称为植物生长激素即植物激素。不过，人们通常把它们混用。

屡破奇案
——神奇的 DNA 检测术

一颗心脏——古老而干瘪的心脏，被法国史学家们摆来摆去。

史学家们要干什么，为什么对一颗干瘪的心脏"情有独钟"？

原来，这不是一颗普通的心脏——它是属于法国国王（1793—1795 在位）路易十七（1785—1795）的。

路易十七是法国国王（1774—1792 在位）路易十六（1754—1793）和玛丽·安托瓦内特（1755—1793）王后唯一的儿子（他有一个姐姐和一个妹妹）。在 1793 年法国大革命高潮中，路易十六在巴黎市中心被当众送上断头台。这时，年仅 8 岁的查尔斯·路易自动成为法国国

路易十七

王路易十七，但却被囚禁在与世隔绝的巴黎的寺院监狱。他在监狱里度过了充满恐惧、耻辱和肉体上痛苦的两年。1795 年 6 月 8 日，法国官方宣布，10 岁的路易十七在监狱中死于肺结核，但有人说，路易十七设法逃脱了资产阶级大革命的追捕。那么，真相究竟如何？这是第一桩疑案。

俄国十月革命以后，苏联官方宣布，在 1918 年 7 月 16—17 日夜间，被流放到乌拉尔山的叶卡捷琳堡的俄国沙皇（1894—1917 在位）尼古拉二世（1868—1918）一家 7 人（包括妻子及一儿四女），以及保姆、厨师、医生、男仆各 1 人被叫醒，随即在地窖中被枪决。一些历

史学家指出，沙皇的幼女阿娜丝塔西娅（1901—1918）公主的尸体始终没有找到，很可能她在集体枪决中逃过一死。于是，不断有人声称自己就是这位公主，其中有的还绘声绘色地讲出宫中秘闻和自己的脱险经历。

那么，沙皇一家7人是"全军覆没"，还是留下了后代呢？据说，沙皇的公主阿娜丝塔西娅——屠杀的唯一幸存者曾逃到柏林，更名为阿娜·丝塔西娅·柴科夫斯基。后来，她到美国又改名为阿娜·柴科夫斯基·安德森。1984年，一名叫阿娜·柴科夫斯基·安德森的人在美国逝世——她生前一直说自己是沙皇的女儿，甚至取得了沙皇几个亲戚的信任。那么，她果真是沙皇的女儿吗？这是第二桩疑案。

1945年5月，恶魔希特勒（1889—1945）的私人秘书马丁·伯尔曼（1900—疑似1945或1959）悄然失踪。由于生不见人死不见尸，所以不知道他是和希特勒一起下了地狱呢，还是逃出了德国。前纳粹青年团主席阿瑟·阿斯曼却说，在希特勒死后的战火中，他在柏林荣军院大街上，看见过伯尔曼和希特勒的医生服氰化物自杀后的两具尸体。1993年，一个邮差告诉记者，他亲手把这两具尸体埋葬在荣军院大街的地铁站下。于是，这个记者在征得当局同意后，寻找并挖出了这两具尸体——牙间还有细小的装氰化物的玻璃瓶碎屑。那么，其中一具尸体果真是伯尔曼的吗？这是第三桩疑案。

…………

有什么神奇的方法来拨开这些疑云迷雾吗？有的。

"当我在一次午餐座谈会上谈起DNA可以鉴定强奸犯的时候，一大帮听众突然大笑起来说我疯了。"拨开这些疑云迷雾的，就是这位"疯子"——"DNA鉴定之父"、英国莱斯特大学的遗传学家亚历克·约翰·杰弗里斯（1950— ）爵士。

1984年，杰弗里斯及其团队发现，在人体DNA的某个地方，一小段代码会重复多次。这些代码的长度就像指纹一样独特——但同卵双

胞胎的则一模一样。他们设法在 X
光胶片上把它们显示出来——就像
条形码那样。这样，他们就建立了
"DNA 指纹图"技术的标准程序，
并以"人类 DNA 中高度可变的
'小卫星'区域"（*Hypervariable*
"minisatellite" regions in human DNA）

杰弗里斯

为题，于 1985 年在英国《自然》杂志第 314 卷第 67—73 页发表了划
时代的论文（署名者共三人）。从此，一项新的检测术——"DNA 指
纹图检测术"（简称 DNA 检测术）诞生。

　　这个来得及时的技术，立即就显现了威力——1986 年被指控在英
国的纳伯勒谋杀了两名少女的 17 岁清洁工的"罪行"，在杰弗里斯提
取现场精液和清洁工精液，进行 DNA 比对之后被否定；而真正的凶手
科恩·皮彻福克，在 DNA 检测技术面前不得不低头认罪，1988 年 1 月
被判终身监禁。

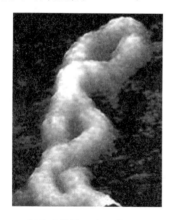
电子显微镜下的人类 DNA

　　1997 年，一种被称为短串联重复序
列即 STR（short－tandem－repeats）的新
技术，以其前所未有的准确度，使 DNA
检测术得到了革新，它可以检测出 DNA
样本中的 13 种微小的重复部分，这些部
分在任何单个的基因组中都能以绝不相
同的条形码有效地表现出来。

　　DNA 检测术可以异常准确地进行
DNA 鉴定。以"亲子鉴定"为例，肯定
生物学父子关系的准确率，高达 99.999 999 99% 以上，否定率更高
——几乎是 100%。当然，DNA 鉴定的误差，各资料说法不一——例
如，有的说为五千亿分之一。通过比对父子各自的 DNA，就确定了各

自的"DNA指纹"，如果相同，生物父子关系就得到确认。它的又一优点是快速——最快可在6小时得到结果。

那什么是DNA呢？遗传物质的最小功能单位——"基因"，是指含特定遗传信息的核苷酸序列。除了某些病毒的基因由RNA（核糖核酸）构成，多数生物的基因由DNA（脱氧核糖核酸）构成。1866年，奥地利生物学家孟德尔（1822—1884）在其论文中最先提出遗传因子，认为生物的性状由它控制。1909年，丹麦遗传学家、植物学家威廉·鲁德维格·约翰森（1857—1927），从英国生物学家达尔文的Pangenesis（泛生论）一词中抽出其中的音节gene，得到"基因"（gene）一词。1944年，美国细菌学家艾威瑞（1877—1955）等人经过对肺炎双球菌转化因子的研究，开始揭示出基因的化学本质，证明基因由DNA构成，认定DNA是遗传物质。然而，他们的工作并未立即得到全部公认。直到1952年，经过德裔美国生物学家德尔布吕克（1906—1981）、美国噬菌体学家赫尔希（1908—1997）和其后奥地利生化学家查伽夫（1905—2002）的工作之后，DNA是遗传物质的观点才开始得到公认。

有了DNA检测术，前面的三桩疑案都迎刃而解。

第一桩。原来，在路易十七死后，医生对其进行了尸体解剖，主刀医生用手帕偷偷包走了他的心脏，并浸在酒精里。从此，这颗心脏开始了在欧洲长达200多年的"旅游"，几经易手之后最终存放在圣·丹尼斯大教堂。1999年12月，科学家们从墓地中取出假定属于这位少年君主的心脏，并将它的DNA与健在和已故的皇室成员的DNA进行比较，证实他的确在童年就死在狱中。2003年12月7日，法国文化与传播部长让-雅克·阿亚贡（1946—　）说，科学家们依据历史分析和"科学的测试"得出结论，路易十七的遗体埋葬在巴黎北部圣·丹尼斯教堂的皇家地下室中，这颗干瘪的心脏就是他的。这一结论，让法国的史学家们在经过多年苦心研究之后，终于解开了法国历史上最持久的秘密，也结束了这个长达205年的争论。

第二桩。在 20 世纪末，3 个互相独立的实验室把安娜·柴科夫斯基·安德森和她的两个小侄子的 DNA 进行比对，发现她是一个名叫福兰西斯卡·萨克斯卡的波兰精神病人——在 1920 年失踪，而这正是她声称自己是沙皇的小女儿的那一年。科学家们还提取了沙皇后裔和沙皇本人 3 岁时理发留下的头发的 DNA 样品，与这位移居美国的自称沙皇小公主的 DNA 样品比对，证明她确是"冒牌货"。沙皇一家，的确已经"全家覆没"。不过，科学家们却费尽了周折，因为这个骗子早已死去，只能从她生前做结肠癌手术时切下的一些组织片断和她夹在书信中的几根头发才提取到上述 DNA 样品。

第三桩。1998 年 6 月 4 日，德国法兰克福司法当局比对了那具伯尔曼的尸体和他还在人世的 7 个孩子的 DNA，结果证实这尸体确实是伯尔曼的。

DNA 检测术还破解了近年的许多疑案。

长期以来，人们都说是欧洲殖民者把结核病带到了美洲，于是哥伦布（约 1451—1506）成了罪魁祸首。然而，从秘鲁南部一个墓穴中挖出的有 1 000 年之久大约 140 具女木乃伊中的一具——35 岁左右的她生前属于奇里巴亚（Chiribaya）部落（印第安人的一支），却洗刷了哥伦布的罪名。原来，在 1990 年，美国明尼苏达大学德

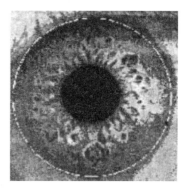

用中国科学院自动化研究所模式识别国家重点实验室自行研制的虹膜摄取装置拍摄的虹膜

卢斯（Duluth）分校的病理学家阿瑟·西·奥夫德海德（1922—2012）博士率领的科研人员，从她的肺上取出的一块组织和今天结核病菌的 DNA 进行了比对，发现两者几乎完全一样。这就证明在哥伦布之前几个世纪，那里就有了结核病。

2005 年 11 月 3 日，波兰考古学家宣布，他们经过这两年对波兰西

北部瓦尔明－马祖里省弗隆堡大教堂的发掘，找到了一直没有下落的波兰天文学家哥白尼的头骨，有望通过和他的舅父瓦特圣洛德大主教的 DNA 比对来进一步确认。

高尔顿

当然，除了 DNA 检测术，能进行类似鉴定的还有唇纹、齿纹、齿印、耳纹、眼纹、虹膜、眼底、掌纹、指纹、脸像、（脸部的）温谱图、（头）发纹、（身体的）热像纹、味纹、体臭、声纹、血液这类"永不消失的生命密码"。其中指纹鉴定技术的理论，由达尔文（1809—1882）的表弟、博学多才的英国探险家和科学家弗朗西斯·高尔顿（1822—1911）在 1892 年首先提出——他估计重复概率仅为 640 亿分之一。不过，从现代遗传学和统计学的角度分析，却是 60 亿人要平均 6 000 年才出现一次相同的指纹。在 2008 年，美国爱达荷国家实验室化学工程师维基·汤普森博士等经过 10 年的研究，开发出了比 DNA 检测术更快和更便宜的"抗体检测术"——分析血液、唾液等体液的抗体，找出每个人的独特抗体条形码进行比对。

忙里偷闲出成果
——巴斯德发明鸡霍乱疫苗

法国化学家、微生物学家路易斯·巴斯德（1822—1895）的"忙"是出了名的。1849 年 5 月，他结婚那天也跑到实验室里做实验，害得朋友们到处找他。1865年，法国南部阿雷斯蚕区发生蚕病，他在那里工作了 3 年，经常每天工作 18 小时，其间失去父亲、幼女和次女，最终制服蚕病，使法国避免了每年 1 亿法郎的损失。1880 年，不到 60岁的巴斯德已因操劳过度而积劳成疾、头发花白、半身不遂。

巴斯德

可是，就是这样一位终身勤奋的科学家，也有为数不多的"忙里偷闲"的时候。有趣的是，这一"偷闲"，却引出了一项重大成果的诞生。

陶塞恩特

鸡霍乱是家禽的一种传染病，这种病会使家禽迅速死亡。患上此病的鸡有一些非常特殊的症状，其中包括昏睡和缺氧症，缺氧症使鸡冠失去鲜红的颜色。19 世纪下半叶，法国兽医让·约瑟夫·亨利·陶塞恩特（1847—1890）已经证明，鸡霍乱与一种特殊微生物有关，在病禽的血液中很容易看到这种微生物。

自从巴斯德帮助解决了酒莫名其妙变酸这一问题，并发现乳酸杆菌之后，他就在探讨一个普遍性的观点——发酵和疾病是否都是由微生物引起的。于是他着手进行一项实验计划，目的是得到鸡霍乱病中的那种微生物的纯培养物，然后用它给鸡注射。这样，他就可以证明鸡霍乱是否确实是由那种微生物引起的。他用鸡肉汁作培养基，成功地培养出那种微生物。他还通过实验证明，假如每天都制取新培养物，那么，即使经过多次培养之后，那种微生物仍然能保持它的毒性，置鸡于死地。

就在这时，巴斯德"偷闲"了。1879 年 7 到 10 月，他回到他的家乡阿尔布瓦度暑假。他把最后剩下的鸡肉汁培养物丢在实验室里，这些培养物是接种了鸡霍乱菌的。

10 月，他回到实验室，这些培养物仍在那里。于是，他就给健康的鸡注射了一些这种放置了近 3 个月的旧培养物，开始重新进行他原来的实验。但是，他奇怪地发现，这些鸡并没有染病，而是健康地活着。这一实验事实说明什么呢？

在对每个环节进行了仔细的检查后得出结论：这种经过近 3 个月的培养液已经失效。既然失效，照理说重新用鸡肉汁培养新细菌再试验就行了，但这时巴斯德头脑中却突然闪过一个新的念头：何不利用这次误注了失效培养液的鸡继续进行试验呢？对于接种过失效培养液仍健康活着的鸡再注射新鲜培养液会怎样呢？试验按上述计划再次进行。

杜克劳斯

巴斯德的同事、法国微生物学家、化学家埃米尔·杜克劳斯（1840—1904）描述了实验的结果："使大家吃惊的是：几乎所有注射过失效培养液的家禽都经受住了这次接种，而未注射过失效培养液的家禽则在接种新培养液后，经过通常的潜伏期而全部死去。这一点或许连巴斯德自己也大吃一惊，他也没有预料到这样的成功。"

是的，巴斯德也没有预料到这样奇怪的成功：注射了失效培养液的鸡不再被新培养液中的鸡霍乱菌感染。于是他在存有很大戒心的情况下宣布了这一发现："通过简单地改变一下这种寄生物的培养程序，即在相继的接种之间插入一个较长的时间间隔，我们已经找到一种使它的毒性逐渐降低的方法。而且，最后得到一种疫苗病毒，它会引起轻微的疾病，由此可以防止致死的疾病。"

这就是病毒"减毒作用"的发现。原来，前述经过近 3 个月放置的旧培养物并非完全失效，不过是毒性被减弱而已。用这种毒性被减弱了的培养物预先注入鸡的体内，鸡就不再会感染上致命的霍乱病。这种预防疾病的方法，叫"减弱病原体免疫法"，简称"免疫法"；而这种毒性被减弱了的培养物则被称为"疫苗"。

为什么培养物经过较长时间的放置后毒性会减弱呢？由于巴斯德一直很注意氧气在发酵过程中的作用，所以他立即想到，培养物经较长时间的放置后，毒性被减弱的原因是由于长期接触氧气的结果。即"时间"仅仅是表面原因，本质的原因是氧气的作用。为了证实这个观点，他又做了对比试验。他把有毒性微生物的培养物分成两批，一批密封在试管内，另一批放在敞口瓶中。经两个月后，发现密封的培养物的"毒性仍然与原来一样。至于那些敞在空气中的培养物，它们或者已经死去，或者是毒性已经减弱了"。

为什么这些有毒微生物经不住氧气的"袭击"呢？这是由于它们是"厌氧菌"的缘故。可惜巴斯德虽然实际上已经发现了"厌氧菌"，但却没能指出它们竟如此虚弱无力的真正原因。

巴斯德发明的不仅是鸡霍乱的防治方法，而更重要的是由此而诞生的"免疫法"。

免疫法的又一成功范例是炭疽病的免疫法，这也是巴斯德等人发明的。炭疽病是一种袭击牛和其他动物包括人在内的严重疾病。防治这种疾病的重大而且著名的试验，是巴斯德安排在布伊拉堡（Pouilly - le - Fort）进行的。担任这次公开试验的组织者是罗西格诺尔（A. M. Rossignol）——曾是巴斯德的批评者。1881 年 5 月 5 日，试验人员给 24 头绵羊、1 只山羊、6 头牛注射了减毒的炭疽病菌品系。5 月 31 日，上述 31

巴斯德研究所（Institut Pasteur）：
法国里尔（Lille）

头种过疫苗的牛羊和另外 29 头没有种过疫苗的牛羊被注射了有毒的炭疽病培养物。到 6 月 2 日，种过疫苗的 31 头牛羊全部健康如故；而未种疫苗的 29 头牛羊中的羊全部死去，牛则疾病沉沉。显然，这是巴斯德免疫法的又一巨大成功。这种方法迅速传遍英法。由巴斯德的“工厂”大量供应这种疫苗。在德国，虽然受到德国病理学家柯赫（1843—1910）的忌妒和恶毒攻击，但是由于德国农场主的积极活动，该国农业大臣最终还是同意引进这种疫苗，随后轰动了全世界。

其后，巴斯德又将免疫法推广到人体：1885 年，他轰动全世界的狂犬疫苗也获得成功。

20 世纪，科学家相继发明了分别防治流行性斑疹伤寒、白喉、破伤风、结核病、脊髓灰质炎（俗称小儿麻痹症）、流行性感冒、麻疹等疾病的疫苗。

巴斯德的免疫法与比他早几十年的英国詹纳发明的天花免疫法相比，具有更为普遍的意义。因为詹纳的免疫法仅对天花有效，而巴斯德的方法不但可以针对多种疾病，而且为后人研制更多的疫苗防治疾病开了路。所以，难怪美国天体物理学家、科学书作家迈克尔·H. 哈特（1932— ）在《历史上最有影响的 100 人》（*The 100: A Ranking of the Most Influential Persons in History*）一书中，将巴斯德排在第 12 位的高位，还说由于他的贡献，让"现代科学和医学真正把第二次生命赐予我们现在的生活着的每一个人"。

路易斯·巴斯德大学医院（Louis Pasteur University Hospital）：斯洛伐克科希策（Košice）

　　1894 年，半身不遂的巴斯德又不幸染上急性尿毒症，但他仍不忘工作。此时无数被他或他的方法救活的人，都愿意牺牲自己的生命来延长他的生命，但这感人、善良的愿望却无法阻止死神来临。1895 年 9 月 28 日，奔波劳顿一生的巴斯德在接近 73 岁时，终于在巴黎西郊的圣克卢（Marnes－la－Coquette）永远地休息了。

　　不过，他的名字却永远不能休息——世界各地，特别是在欧洲，就有不少以他的名字命名的街道、医院、研究机构。

从狗尿招蝇到胰岛素
——在治疗糖尿病的征途上

　　"当时如果我知道文献中对这一课题的复杂性的论述的话，我恐怕就没有勇气研究它了。"一位加拿大生化学家说。是的，出生在苏格兰、在多伦多大学工作的生理学家麦克劳德（1876—1935）也说："用这种方法是相当困难的。"这位生化学家是谁？他遇到的课题有多么复杂、困难？

　　1889 年的一天，德国斯特拉斯堡的一个实验室内，一片繁忙。

　　德国医学家冯·梅林（1849—1908）和出生在俄国、长期在德国工作的医生兼病理学家奥斯卡·明可夫斯基（1858—1931），以及他们的助手在忙碌着。他们在做一次狗的胰脏切除手术——目的是研究胰脏在消化过程中，到底起什么作用。

　　手术之后，他们的一个助手偶然发现，流出的狗尿竟引来大群苍蝇。助手将此事告诉了明可夫斯基。后者没有放过这个疑点，对狗尿进行了化验，发现狗尿中的糖分是招苍蝇的主要原因。虽然狗在几天后因病死去，但经过实验、研究表明，切断或结扎狗的胰腺，就可使它患上糖尿病。这样，他们就发现了糖尿病是由于胰脏丧失功能之后，使尿中糖分过多所引起的。这一工作，开始把胰脏中的某种成分同糖尿病联系起来；这一发现，引出后来用胰岛素控制糖尿病的医疗方法。

　　当时明可夫斯基提出上述疑点的时候，立即遭到许多人，包括一些专家的冷嘲热讽：一个著名的病理学家竟对司空见惯的狗尿"情有独钟"。他对这些闲言碎语却不屑一顾，终于得到了上述成果。

班廷　　　　　　贝斯特　　　　　　麦克劳德

于是，提取胰岛素来治疗糖尿病，就成了科学家们的当务之急。由于提取很困难，许多著名科学家对此都望而却步。

直到 1921 年，不怕"虎"的"牛犊"、加拿大多伦多大学的弗里德里克·格兰特·班廷（1891—1941）——故事开头那位"没有勇气研究它"的生理学家，和他的助手查尔斯·赫伯特·贝斯特（1899—1978）等人，终于得到了较纯的胰岛素。其后，麦克劳德改进了提取方法。这样，班廷和麦克劳德共享 1923 年诺贝尔生理学或医学奖。

由于班廷、贝斯特等找到了得到胰岛素提取液的方法，而且通过实验证实了它能降低糖尿病的血糖，使尿糖消失，糖代谢恢复正常，这就建立起胰岛素分泌不足是糖尿病的直接病因的明确关系，从而征服了糖尿病。从 1922 年起，胰岛素已开始用于临床治疗糖尿病了。

不过，班廷、贝斯特得到的还仅仅是胰岛素的提取液，并没有得到结晶。后来又经许多人——特别是美国生化学家艾贝尔（1857—1938）的努力，艾贝尔终于在 1925 年得到纯化的胰岛素结晶，并在次年投产，从此开始广泛用于临床。经过桑格（1918—2013）这位唯一两获诺贝尔化学奖的英国化学家在 1945 到 1955

桑格

年间的努力，终于搞清了胰岛素的全部化学结构，他也因此于1958年独享诺贝尔化学奖。

胰岛素是胰脏中"兰（格亨斯）氏小岛"细胞产生的一种物质。从结构上看，它是由16种氨基酸组成的蛋白质；从功能上看，它是调节控制生物体内新陈代谢的一种多肽激素。这种白色结晶粉末可用于糖尿病、精神病和神经性食欲不振等的治疗。

参加首次人工合成胰岛素的部分科学家

从1958年起，中国科学家王应睐（1907—2001）、纽经义（1920—1995）等领导的协作小组经过7年努力，在1965年9月17日人工合成了牛胰岛素，曾轰动世界。

胰岛素的发现、提取、结构研究、人工合成，不但在医学上有重要地位，而且在分子生物学研究、生物化学研究中都有极其重要的地位。这又是为什么呢？

原来，胰蛋素虽然分子量大到接近6 000，比氢原子大五六千倍，但与其他蛋白质相比，却要小到几或几十分之一。因此，它就理所当然地成为科学家们研究蛋白质的首选对象。通过对这种最简单的蛋白质的研究，人们就能获得对蛋白质的认识。事实上，正如前面所说，它成为第一个成功地进行氨基酸序列分析的蛋白质——这个工作在1955年由桑格完成；也是第一个由人工进行化学合成的蛋白质——这个工作在1965年由王应睐、纽经义等完成。由此可见，胰岛素在科学上的重要地位不可替代。

人、牛、猪、羊等不同属种的胰岛素，只是两条肽链上个别氨基酸不同，而没有质的区别。顺便指出，猪胰岛素分子的立体结构，也是中国科学家在1971年测出来的。

对攻克糖尿病做出重大贡献的还有一位生理学家，他就是1887年

豪塞利

4月10日出生于阿根廷首都布宜诺斯艾利斯的阿尔贝托·贝尔纳多·豪塞利（1887—1971）。这位神童13岁就完成了大学预科学业，被阿根廷最高学府——布宜诺斯艾利斯大学药学院破格录取，22岁就成为该大学兽医学院生理学教授。动物休内的血糖水平是由分泌腺和激素来调节的，经常性的血糖浓度失调、过高，都是糖尿病的症状。而血糖平衡是通过胰岛素和肝脏来进行调节的。他通过研究发现，脑下垂体对血糖平衡中激素的调节是必不可少的，这就进一步阐明了糖尿病的发病机制和治疗途径。1924年，他切除了狗和蟾蜍的脑下垂体或垂体前叶，发现有切除肾上腺的效果，大大降低了高血糖的血糖浓度。把狗的胰腺切除后，狗的血糖会增高而患糖尿病；而将它的脑垂体切除后病情会缓解，但又注射垂体液后病情会加重。他的这一系统的研究为临床治疗糖尿病提供了可靠的依据。

为纪念豪塞利的功绩，医学界把切除垂体或胰腺的动物称为"豪塞利动物"。他也因此与出生在布拉格（当时属奥匈帝国，今属捷克）的美国医学家科里夫妇（夫：1896.12.5—1984.10.20；妇：1896.8.15—1957.10.26）共享1947年诺贝尔医学或生理学奖，从而成为第一个拉丁美洲的科学诺贝尔奖得主。

人们对糖尿病的研究，一直在继续。20世纪50年代，苏格兰人肖·邓恩（Shaw Dunn）在研究肢体严重压伤后肾损伤的起因时，尝试了各种方法，其一是用四氧嘧啶做注射。结果，他意外地发现，四氧嘧啶会使胰脏的胰岛组织坏死。这一发现给糖尿病的研究提供了极有用的工具。

明可夫斯基没有放过狗尿招苍蝇的疑点，引出对糖尿病的研究，进而引出一系列的重大成果。他留意意外之事、观察别具慧眼，值得我们借鉴和学习。

糖尿病的最早发现者是中国人，不晚于 7 世纪。医生甄权（卒于 643 年）在他著的、现已失传的《古今录验方》已提到过糖尿病。比这更早，始作于中国战国后期、成书于西汉（公元前 206—公元 25）的《黄帝内经》中，也有糖尿病（当时叫消渴病）的记载。在国外最早的文献——英国人威利斯的记载，比中国晚 1 000 多年。

纪念保姆引出的发明
——神奇的心电图仪

一台仪器与心脏病人相连，经过仪器的自动描记器，得到心电图，用来诊断心率、传导、冠状动脉硬化的程度。医生结合心电图与病人症状的对应关系，还可识别出诸如心房纤颤等其他类型的心脏疾病。

可是，对它的发明者和他为何要做出这样的发明，却鲜为人知。

它的发明者是荷兰科学家威廉·埃因托芬。

1860 年 5 月 21 日，埃因托芬出生在印度尼西亚爪哇岛三宝垄的一个大种植园主之家——那时印尼是荷兰的殖民地。他小时是由一个称为洪妈的中国阿妈带大的。4 岁起，洪妈就带他到上海侨居了 6 年，并在上海法量公学上小学。喜爱他的洪妈还带他到

埃因托芬

广东省新会县——她的家乡住了半个月。埃因托芬 17 岁那年，洪妈不幸因心脏病死于他爪哇家的田庄里，他悲痛不已。

埃因托芬不只是悲痛。由于对这位慈祥、勤劳、仁爱的长者还充满着深深的敬意，为此他立志学医，并终生从事对夺去洪妈生命的疾病——心脏病的研究，终于 1885 年取得医生资格。

荷兰有一座以医科闻名于世的权威学府——乌特勒克大学，这里有一位著名荷兰医学家杜德（1818—1889），他是现代眼镜片的设计者，埃因托芬就向他学医。杜德年迈时，把自己尚未完成的病理研究

沃勒

资料，全部传给自己的得意门生埃因托芬，并再三叮嘱他说，科学家对心脏病的研究尚不理想，要他"大胆地往前走"。埃因托芬在 1885 年获得博士后，就取得了医生资格，并在 1886 年担任了荷兰的莱顿大学生理学教授。

人们早已发现"生物电"，而两位德国科学家更进一步，发现青蛙的心脏会产生电流。基于这些认识，埃因托芬决定研究心脏的电活动。为了实现这一研究，埃因托芬曾转入物理系苦读一年，从而掌握了电学的基本原理。

在 1887 年，英国生理学家奥古斯都·德西雷·沃勒（1856—1922）就发明了一种用毛细管静电计记录心电图的心电图仪，并在世界上记录了第一张心电图（上面有三个波峰）。但因描记不灵敏，而且要经过复杂的计算，所以效果不太理想。

在沃勒的基础上，从 1895 年开始，埃因托芬开始了心脏动作电流的研究。他以扎实的基本功和爱心为前提，经过多年研究，终于悟出如下心电图的产生机制和诊病原理。心脏每次收缩之前，会先发生电激动，这个激动会传到身体表面各部位，造成体表不同部位之间的电压变化，用仪器将电压描绘成波形，就会得到正常的心电图。当人有心脏病的时候，这个波形就不正常——由此可诊断疾病。

接着，埃因托芬发明了一套检测心电图的方法。例如，他创立的"心电图三角形""心电图定律"，就是指导检测的一些规律。

埃因托芬还成功设计了关键部件——指针式微电流计。这一也被称为"悬线电流计"的装置，用细达 2 微米的镀银石英丝代替原来的线圈和镜子，使之更为灵敏。这根石英丝悬于两个磁极之间，当有微弱电流通过时，它就要发生偏转；电流越大偏转幅度也越大。他的具体做法是，把电极置于病人手臂和腿上，利用上述装置即可探测到心脏向全身泵送血液时通过心肌的电脉冲。记录这些电脉冲的妙法是，让悬线电流计在偏转时挡住一束光，这就在纸上留下一束阴影，再用一条不断移动的长长的感光纸，就连续地记录下心肌活动的这些电脉冲了，这个图形就是心电图——记在感光纸上的图。

1903 年，埃因托芬终于完善了用来记录心脏跳动时心电变化状况的神奇的心电图仪，使之成为临床上有实用价值的诊断心脏的有力工具。他还在同一年发表了相关论文《一种新的心电图仪》。

初期的心电图仪有许多缺点：其质量有 300 千克，体积也很大，要占几个房间；为了排除病人对机器的干扰，两者相隔较远，要用几十米导线来连接，必须 5 个人才能操作。

后来，又经许多人的改进，心电图仪才成了现在这个样子——不但可以在示波屏上及时显示出心脏电脉冲的波形及各种参数，而且可以用电脑在纸上打印出来。

埃因托芬因为发现心电图的产生机制和改进、完善了心电图仪，独享 1924年诺贝尔医学或生理学奖。当他怀着对洪妈的怀念以 64 岁的高龄去斯德哥尔摩受奖时，真切地认为在医学研究上比他贡献大的人很多，他觉得受之有愧。此时，和他一起研制心电图仪的助手已经死去，不能同他共享荣光，他就把所

可以用手提的现代心电图仪

得奖金的一半分给了助手的亲人。这两件事，都显示出他的谦虚、淡泊名利等美德。

1925 年埃因托芬退休后，立即偕妻子、儿女重返印尼，到爪哇为洪妈扫墓。他默默地为洪妈祈祷：愿洪妈在地下平安——他已经完成了纪念洪妈的发明，为诊断夺去洪妈生命的那种疾病的发明。1927 年9 月 28 日，埃因托芬在荷兰莱顿辞世。